# 身代わり若殿 葉月定光

佐々木裕一

角川文庫
21053

目次

# 序章

江戸は爽(さわ)やかな秋晴れとなり、袷(あわせ)の着物では汗ばむほど暖かい。

坂田五郎兵衛(さかたごろべえ)は、棒のようになった足を引きずりながら歩いていたが、紙に記された薬種問屋を見つけて、安堵(あんど)の息をついた。

「若殿、待っていてくだされ」

若きあるじの辛(つら)そうな顔を思い出していた五郎兵衛は、妙薬が手に入ることを祈りながら、薬種問屋に入った。

笑顔で迎えた手代に、京橋(きょうばし)筋の薬屋・栃木屋(とちぎや)がしたためてくれた紹介状を見せると、少々お待ちくださいまし、と言い、奥にいる番頭らしき男のところに行った。

店の中は、薬草のきつい匂いがしている。

これまで訪ねたどの店よりも、臭い。

五郎兵衛は彫りの深い顔をゆがめながら、大きな目で店の中を見回した。

無数の引き出しがある朱色の薬簞笥（だんす）には、齢（よわい）四十五の五郎兵衛にも読めぬ難しい字の銘柄が貼ってある。

なるほど、品数が多いだけに、珍しい薬も揃えていそうだ。ここならば栃木屋のあるじが申していたとおり、若殿の病に効く妙薬があるやもしれぬ。

これまで訪れた薬屋は数えきれない。薬師（くすし）もさじを投げ、町の薬屋からもことごとく難色をしめされていた五郎兵衛は、大いに期待して、店の奥に眼差（まなざ）しを向けた。

手代から受け取った紹介状に目を通していた番頭が、ちらと五郎兵衛を見て、難しい顔を横に向けた。番頭よりも若い三十代の男に、何かを告げている。

番頭から紹介状を受け取ったその男は、五郎兵衛が待つ板の間に出てきて座った。

「お待たせしました。あるじの幸右衛門（こうえもん）でございます」

妙薬があるか、と五郎兵衛が口を開く前に、幸右衛門は、申しわけなさそうな顔で訊（き）く。

「お武家様、ここに記してある薬を、すべて試されましたか」

紹介状には、若殿のために江戸中を走り回って求めた薬の名が記してある。栃木屋のあるじが聞き取り、書いていてくれたのだ。

「さよう。すべて飲んだ」

「これほどの数だと、薬代も相当なもの。どちらのお殿様がご病気なのですか」

名を言えるはずもない。

五郎兵衛は、いつもの嘘を教えた。

「拙者の母じゃ。頼む幸右衛門、母を助けてくれ」

幸右衛門は、深刻な顔で紹介状をみつめて唇を引き締め、眼差しを上げる。

「薬師は、なんと申しましたか」

五郎兵衛は、藁にもすがる思いを込め、頭を下げた。

「薬師も医者もどうでもよい。頼りにならぬゆえ、こうして頼んでいる。なんとしても、母の病を治したい」

幸右衛門は、やはりそうか、という顔で顎を引く。

「御母堂様は今、どのようなご様子でございますか」

「食事も喉を通らず、日に日に弱っておられる。ここ数日が、特に悪い」

五郎兵衛はそう言った時、病床に臥し、痩せさらばえた若殿のことを想った。

未来ある若殿を死なせるわけにはいかぬ。できることなら代わってさしあげたいと、何度思ったことか。

くぼんだ目をきつく閉じ、辛そうな顔をする五郎兵衛の様子に、幸右衛門は孝行者と思ったのだろう。そっと目じりをぬぐい、語りかけた。

「思い当たる薬がございますが、あいにく、今ここにはございません。明後日(あさって)におこしくだされば、支度してお待ちしております」

五郎兵衛は身を乗り出した。

「まことか」

「はい」

「まことに良い薬があるのだな」

「ございます」

「承知した。では、明後日に」

五郎兵衛は晴れ晴れとした顔で頭を下げ、店から出た。

表通りを帰っていく五郎兵衛を送る幸右衛門に、番頭が言う。

「旦那(だんな)様、よろしいのですか。おそらくあのお方の御母堂様は、長くは……」

「分かっているよ。でもね番頭さん、母御のために懸命な人に、効く薬がないとは言えないだろう。少しでも気休めになるなら、それでいいじゃないか」

まさかそのような会話がされているとは知るよしもない五郎兵衛は、あるじの病気が治ると信じて、家路を急いでいた。

芝の増上寺門前にさしかかった時、ふと、今は亡き先代、葉月諸大夫定義の顔が頭に浮かび、近くにある菩提寺に足を向けた。

境内の森は、もみじが鮮やかに色づき、参詣者たちを喜ばせている。五郎兵衛は、黙々と歩み、ひっそりとした墓所に向かった。

先代の墓前にひざまずいた五郎兵衛は、手を合わせる。

「大殿様、どうか、若殿をお助けください」

子宝に恵まれていない今、もしものことがあれば、葉月家は断絶となる。不吉と思いながらも毎日考えてしまい、不安で押しつぶされそうになっていた五郎兵衛であるが、手を合わせているうちに穏やかな気持ちになり、先代定義に導かれたのではないかと思った。

「大殿、病に効く妙薬を見つけました。次にお参りする時は、若殿ご快復の喜びを、ご報告しますぞ。どうか、お見守りくだされ」

念仏を唱えた五郎兵衛は、立ち上がって頭を下げた。

墓所を去り、寺の山門から出て駿河台に向かって歩みはじめたのだが、辻にさしかかった時、目の前を横切る若い侍の顔に目がとまり、離せなくなった。

「若殿？」

思わず出た声に応じて、若い侍が顔を向けた。自分に向いたのだと思った五郎兵衛は歩み寄ろうとしたのだが、若い侍には、見知らぬ顔の供がついていた。

供の者と言葉を交わす若い侍は、身なりだけを見ると、羽織袴(はかま)の生地はくたびれ、どこぞから長旅をして来た藩士に思える。

顔は日焼けしているが、高貴な面持ちは、どこから見ても、

「若殿！」

であった。

五郎兵衛の大声が、団子屋の呼び込みに重なった。

若い侍は何も気付かない様子で、供の者と歩みを進めた。

人違いと分かっていても、瓜(うり)二つの顔に若殿を重ねた五郎兵衛は、見えない糸に引かれるように、一行の後に続いて行く。

若者らしく軽やかな足の運びを見ていた五郎兵衛は、辛くなった。

若殿もお元気ならば、あのように外を歩かれているはず。お生まれつき病弱ゆえ、お座敷から出られたお姿を見るのは年に数度だった。先代が急な病でこの世を去られてからは、御家のために、と、明るい顔で励まれていたが、無理をされたばかりに……。

爽やかな笑い声に、五郎兵衛ははっとした。

「声も若殿と同じじゃ」

涙で霞むかす目を袖そででぬぐい、まばたきをして歩み寄る。

若殿は、床払いをしてここにおわすのでは。

目を何度もぬぐい、思い切って声をかけようとしたが、すぐに足が止まった。人違いだと分かるのが恐ろしくて、できなかったのだ。

若殿のことを想うあまり、お元気な姿を妄想もうそうしているだけだと自分に言い聞かせて、きびすを返した。

帰ろうとしたが、足が動かない。

「あれは見間違いなどではない。きっと若殿じゃ」

こうなるともう、己を止めることはできなくなっていた。

五郎兵衛はふたたびきびすを返した。だが、宇田川町うだがわちょうの表通りは人、人、人。行き交う町人たちや侍に視界を遮られ、見失ってしまった。

「殿、若殿！」

赤の他人でもいい、もう一度、若殿が軽やかに歩む姿を見たいと思った五郎兵衛は、人をかき分けて走り、一行を捜した。すると、荷物を背負った供の者が愛宕あたご権現の方角へ曲がる姿を見つけた。

追った五郎兵衛の目に、若殿の後ろ姿が見えたので安堵の息を吐き、何かに取り憑かれたように付いて行く。

やがて若殿は、愛宕権現の門前を横切り、虎御門から曲輪内に入り、外桜田御門外にある芸州広島藩の上屋敷に入った。

浅野家の者か。

五郎兵衛は、先代と関わりがあった浅野家の者だと知り、胸が熱くなった。

これは、先代のお導きか。

そのような気持ちになった五郎兵衛は、いたたまれなくなり、表門を守る番人に歩みを進めた。

気付いた番人が、軽く会釈をする。

「当家に御用ですか」

「いかにも。拙者、将軍家直参旗本・葉月家用人、坂田五郎兵衛と申す」

門番が頭を下げ、真顔で訊く。

「どなたに御用ですか」

「そこもとに、訊きたいことがござる」

「わたしに？」

　門番は、不思議そうな顔をした。

「何でございましょう」

「先ほど入られた若侍は、安芸守(あきのかみ)様の御家来か。それとも、若殿様か」

「重役の御子息ですが」

「こちらの藩邸にお住まいか」

「いえ、広島から牡蠣(かき)を献上しにまいられました」

「なんじゃ、そうであったか。して、お名前は」

「村上虎丸(むらかみとらまる)様でございます」

「勇ましいお名じゃ。はるばる広島から牡蠣を持って来られたと申したが、腐らぬのか」

「わたしも気になって、上役に訊きましたところ、なんでも、煮た牡蠣を殻から外して、にんにくと菜種油に漬けた物だそうで、殿様と若様が好んで食されるそうです」

「聞いただけでも旨(うま)そうだ」

　精がつきそうで、若殿に食べさせたいと思った。

「村上様に御用ですか」

門番に訊かれて、五郎兵衛は慌てる。

「いや、知人にそっくりゆえ、尋ねたまでにござる。では、ごめん」

きびすを返した五郎兵衛は、赤の他人でも、世の中には同じ顔をした者がいるのだと呆然（ぼうぜん）としながら、駿河台の屋敷へ帰った。

# 第一話　いざ江戸へ

## 一

瀬戸内の海に穏やかな風が吹き、水面は日を浴びて輝いている。

船旅には、絶好の日和だ。

昨年の晩秋から大坂で商売をしていた牡蠣船の連中は、今年も儲かったと喜び、意気揚々と広島への船旅をしている。

十八艘の船団を作っている牡蠣船は、桜が満開の千光寺を右手に見つつ尾道水道を抜け、広島の草津村へ帰っていた。

牡蠣船の商売は、牡蠣の養殖に適した海がある草津村に領地を持つ三次藩が、藩政改革の一環として元禄十三年（一七〇〇年）にはじめたことで、村に牡蠣株仲間を作り、一株一艘、計十八艘の牡蠣船を上方に送っている。

七年目の現在では、広島産牡蠣の質の高さが広まり、大坂表（おもて）における販売を確立し、冬から春までの商売で得る売り上げは、銀百三十貫目にもなり、株仲間から徴収する運上銀は、三次藩の財政を助けていた。

ゆえに、大坂で商売を終えて帰る牡蠣船を狙う海賊が、毎年のように瀬戸内の海に出没する。

特に多いのが、これから通る竹原（たけはら）沖だ。

船団を形成していなかった昨年は二艘が襲われ、死人は出なかったのが幸いだが、貴重な売り上げがすべて奪われた。

三次藩は手をこまねいていたわけではなく、本家の広島藩の助けを借りて海賊の探索に当たったのだが、海賊行為をはたらく者がそれを生業（なりわい）にする根っからの悪ではなく、貧しい漁師が食うに困ってやることが多く、また、百を超える島が点在し、陸のように関所もない海の上のことだけに、見つけ出すのは困難を極めた。

海賊は一つの集団ではないことも分かってきたので、今年からは船団を形成し、守りを固めての船旅だった。

船団はやがて、竹原沖にさしかかった。日はまだ高いが、漁をする船は少なく、これから最盛期を迎える塩田は閑散として、行き交う船もほとんどない。

「気を抜くなよ！　怪しい船がいないか、しっかり見張れ！」

船団を束ねる年長の男が大声をあげたのを受け、船から船へ伝達される。

昨年襲われた者たちは、今年も金を奪われたら廃業に追い込まれることをあるじからきつく言われているので、必死の顔で沖を見ている。

臼島の岩場の奥から船が現れたのは、その時だった。

「ありゃあ、荷船じゃろう！」

海賊がよく使う船よりも大型なので、見ていた者たちは油断し、安堵した。

他の男が口を開いた。

「今年は船団じゃけ、来んかもしれんな」

「ほうじゃのう。藩の言うことを聞いてよかったわい」

「このまま何もなけりゃ、それに越したことはない。目が疲れたけ、ちいと休もうや」

誘って座ろうとしたのだが、一人が声をあげた。

「あれ見てみい。あの荷船がこっちへ向かって来るで」

「なんじゃと」

座りかけていた者たちが眼差しを向けるのと、荷船の陰から早船が出るのが同時だった。

　昨年襲われた者たちから、驚愕の声があがる。

「ありゃ海賊じゃ！」

「ほんまよ！　海賊じゃ！」

　叫ぶなり、空の桶の底を木槌で打ち鳴らした。

　警戒の合図を聞いた仲間の牡蠣船が近寄り、船と船をつなげていく。

　船足が遅い牡蠣船は逃げることができないので、こうして集まり、皆で対抗するしかない。

「おいみんな、油断するな！」

　束ねる年長の男が声をあげ、外側の船に渡って来た。

　海賊の船はぐんぐん迫り来る。

　帯刀を許されない牡蠣船の者たちは、鳶や天秤棒を手にして待ち構えた。海の男だけに気性が荒く、海賊などにいいようにされてたまるか、と口々に言っている。

　海賊どもは、声を揃えて船を漕ぎ、みるみる近づいて来た。

　船上に立つ者は皆、覆面をつけ、身なりはならず者そのもの。腰には刀を帯び、中には弓を持つ者もいる。

海賊船は、牡蠣船に近づくと舳先を転じて並走をはじめ、一人が大声をあげた。

「大人しく銀子をよこすなら、怪我をすることはない。従うか！」

「何を言いやがる！」

「海賊が恐ろしゅうて、牡蠣船に乗れるか！」

「ほうじゃ！　ぶちまわしちゃるけ、かかって来いや！」

陸側の船にいた者から警戒の合図が来たのはその時だ。

竹原のほうからも海賊船が近づき、牡蠣船の船団は、四艘に囲まれた。

「あんなら、一斉に来るで」

「そりゃまずい」

牡蠣船に緊張が走った。

海賊船から合図の太鼓が打ち鳴らされると、一斉に近づいて来た。

「乗り移られたら終わりじゃ！　やれ！」

束ねる年長男の命で、皆は必死に棒を振り、横付けを阻止した。

弓を持った海賊が、矢を番えて引こうとした時、牡蠣船の屋根から黒い人影が飛んだ。

見ている牡蠣船仲間の前で海賊船に飛び移った若者は、弓を引こうとしていた海賊を蹴り飛ばして海に落とした。

「ええぞ！」

「やっちゃれ！」

牡蠣船からの歓声に、若者は手を上げる余裕を見せ、驚いた様子の海賊に眼差しを向ける。

船の漕ぎ手が立ち上がって刀を抜こうとしたが、若者は見もせずに蹴り落とし、小太刀を抜き、五人の漕ぎ手を峰打ちに倒す。

若者が口笛を吹き鳴らすと、牡蠣船のあいだから一艘の小早船が現れ、八人の漕ぎ手が声を揃えて近づく。

若者はそれに飛び移り、舵を取る男に言う。

「哲郎、雑魚はええ。頭目の船に行け」

「おう、任せとけえ」

哲郎は舳先を転じ、牡蠣船に横付けしようとしていた海賊船に迫った。

見ていた海賊船の者が、舳先に立つ若者の正体に気付いて目を見張る。

「頭、虎丸じゃ！」

「なんじゃと！」

覆面の男が、迫る虎丸に目を見張る。

「いけん！　逃げえ！　早(は)よ逃げ！」

虎丸が目を見張る。

「その声は、能島(のしま)の弥介(やすけ)か！」

逃げる海賊船から鏑矢(かぶらや)が放たれ、空に甲高い音が響く。

それを合図に、二艘の海賊船が牡蠣船から離れていく。

「待て、弥介！」

虎丸の叫びに振り向きもしない賊は、沖をめざして逃げる。

哲郎が声をあげた。

「虎丸、舵を替われ」

「おう」

舵を替わると、哲郎が舳先に立ち、鉤(かぎ)縄を頭上で回転させて投げた。

鉤は見事に賊の船にかかり、哲郎が怪力で引く。

力自慢の漕ぎ手たちが縄をつかみ、声を揃えて引いた。

弥介が抜刀して縄を切ろうとしたが、刃が届くところは鎖なので切れない。

力自慢に引かれ、船はぐいぐい近づく。

さらに近づくと、虎丸は曲芸師のごとく船の縁(へり)を走って前に行き、舳先のてっぺんを蹴って飛んだ。

「逃がすか、弥介！」

小太刀を両手に飛び移るなり、恐れた海賊どもが下がった。

頭目の弥介が覆面を取り、憎々しい顔で言う。

「虎丸。一人で乗り込むとはいい度胸じゃのう。今日こそはその首取って、弥介の名を広めちゃる」

「黙れ盗っ人が」

「盗っ人じゃない。わしは瀬戸内最強の海賊じゃ」

「笑わせるなや」

虎丸は小太刀を両手に構え、対する弥介は大刀を構えた。

先に動いたのは弥介だ。

「や！」

袈裟懸(けさが)けに斬り下ろした一撃を右手の小太刀で受け流した虎丸は、左手の小太刀を振るい、肩を峰打ちした。

激痛に呻(うめ)き、肩を押さえて倒れる弥介を見もせず、虎丸は船にいる連中に厳しい眼差しを向ける。

元来貧しい漁村に暮らす男たちは声を失い、持っていた得物を一斉に捨てた。

牡蠣船から歓声があがった。

名を呼ぶ声に、虎丸は手を上げて応じた。そして、倒れている弥介の着物をつかんで座らせた。

弥介は観念したらしく、うな垂れている。

虎丸は舳先に立ち、賊どもを振り向いた。

「お前ら、食うに困ってやったんなら、広島の草津村へ来い」

思わぬ言葉だったのだろう。手下たちが丸くした目を向けた。

疑っている様子の弥介は、虎丸を睨んだ。

「何をたくらんどるんや」

「たくらみ？　そんなもんはない。お前ら瀬戸内の者なら、天亀屋治兵衛を知っとるじゃろ」

「知っとるが、それがどうした」

「治兵衛は牡蠣船を守ってくれる者を探しとるけぇ、その腕を生かして、牡蠣船の用心棒に雇ってもらえ」

「お前らがおるじゃないか」

「わしらは治兵衛に雇われた者じゃないけえ、来年は行けるかどうか分からん。じゃけえ誘（さそ）ようるんじゃ」

手下の一人が、望みをかけた様子で言う。

「わしらを見逃してくれるんですか」

皆の顔つきがこれまでとは違い、助けを乞（こ）う面持ちになっている。虎丸は、噂はほんとうだと確信した。

「お前らは能島のもん（者）じゃ言うて海賊を気取っとるが、ほんま（本当）は漁師じゃろうが。違うか？」

「なしてそれを……」

驚きを隠せない様子の手下に、虎丸が言う。

「そういう噂を聞いたことがある。弥介、どうなんや？」

いつの間にか正座していた弥介は、膝（ひざ）を両手でつかみ、首（こうべ）を垂れた。

「草津村へ行く行かんは、お前ら次第じゃ。わしは役人じゃないけぇ今日は捕まえんが、次はないと思えよ」

「行きます。雇ってもらえるなら、どこにでも行きます」

弥介が声をあげると、皆もうなずいた。

虎丸は、懇願する様子の弥介に言う。

「それじゃあ、罪ほろぼしにここから牡蠣船を守れ。この先も、油断できんけぇの」

「やります。やらせてください」

男たちが虎丸に頭を下げた。

その様子を見ていた哲郎は、牡蠣船の連中に呆(あき)れ顔を向ける。

「おい、どうするや」

すると、男たちが苦笑いをした。

年長の男が歩み出て、困った顔で坊主頭をなでた。

「情に厚い虎丸様らしいが、勝手なことをして、信虎(のぶとら)様の雷が落ちにゃあ、ええがの」

「ほんまよ。江戸の浅野本家に牡蠣を献上した後、春まで大坂に滞在して、海賊から牡蠣船を守る言(ゆ)うたはずがこれじゃけ。おやじ様が怒る顔が目に浮かぶ」

言って笑った哲郎は、虎丸に眼差しを向けた。

海に落ちた者たちを助け上げ、牡蠣船の警護につこうとしていた虎丸は、哲郎に手を上げ、草津村に帰ろう、と叫んだ。

日に焼けた顔に白い歯を見せる虎丸に、哲郎は手を上げて応じ、年長の男に言う。

「海賊を仲間にするとは、ほんまに、不思議な奴じゃ思わんか」

「持って生まれたもんがあるんじゃろうよ」

哲郎はうなずいて笑い、海賊船に乗る虎丸を見た。

二

牡蠣株仲間の一人である天亀屋治兵衛は、虎丸から、弥介とその手下を引き受けろと言われて、目を白黒させた。

これまで幾度となく金を取られた側にしてみれば、海賊は仇敵(きゅうてき)。本来なら、牡蠣株仲間が暮らす草津村の領主である三次藩に突き出し、厳しく罰してもらいたいところだ。しかし、貧しさに耐え兼ね、家族を養うために罪を犯してしまったと反省する態度に、治兵衛は折れた。

治兵衛は、神妙な態度で正座している弥介たちの前に立ち、厳しい顔で言う。

「ほんまに働く気があるんなら、虎丸様に免じてわしが雇ってもええ。ただし、株仲間が許してくれたらの話じゃ。お前らが怪我をさせた者と、その雇い主にはちゃんとあやまれよ。一発二発殴られても、文句は言えんぞ、ええか」

「はい。生涯をかけて償いますけ、お願いします」

揃って頭を下げた弥介たちに、治兵衛は、まんざらでもなさそうに顎を引く。

夜には、牡蠣船の者たちの労をねぎらうための酒宴が、草津村にある治兵衛の別宅で開かれた。

宴は竹原沖の話題で盛り上がり、牡蠣船の連中は大騒ぎであった。

「虎丸の家は、御本家（広島藩）の重臣じゃけ、元服すりゃあ、わしらと大坂に行かれんようになるの」

「ほんまよ。虎丸、江戸では、元服の話があったんか」

虎丸と呼び捨てにして遠慮がないのは、信虎に引き取られるまでこの草津村で暮らし、年上の男たちから可愛がられていたからだ。その連中に水を向けられて、虎丸は杯を置いた。

「わしは、おやじ殿の名代で行っただけじゃけ、なんもありゃせん」

「ほいなら、今年の秋もわしらと行けるか」

訊いた哲郎は、うんと言え、と、促す顔をしている。

虎丸は、言葉を選んだ。

「行きたいが、わしは明日(あした)のことも分からんけ、おやじ殿に訊いてくれ。後から来られるそうなけ」

「信虎様が？」

「治兵衛が呼んだんじゃと」

「ほいじゃ、今のうちにしっかり飲んどこうや。お前のことは、酔った勢いでわしがはっきり訊いちゃる」

「哲郎が酔うたら何をようるか分からんよんなるけ、ほどほどにの」

どっと笑いが起こったところへ治兵衛が来た。

信虎も後に続いているものだと思った皆が静かになり、居住まいを正した。

察した治兵衛が、虎丸に言う。

「信虎様は、広島の殿様から呼び出しがあって、来られんようになりましたで」

皆から緊張が取れ、ほっとした声があがった。

虎丸が治兵衛に訊く。

「城で何かあったんじゃろうか」

「使いの者に訊いたんですがの、よう分からんらしいです」

「ほうか。それで治兵衛、弥介らのことはどうなった」

「株仲間を集めて説得したら、みんな、しぶしぶ受けてくれましたで」

「そりゃよかった。弥介らは今、何をしょうるん」

「飯を食わせて、休ませとります。明日は、株仲間の家を回らせるつもりですけえ」

「あいつらはきっと役に立つけえ、頼むで」

「そりゃそうと、江戸はどがぁでした。御屋敷じゃあ、次代様（浅野吉長）にお会いしたんです？」

「治兵衛、なんでそんなことを訊くんじゃ？」

「そりゃあ、わざわざ江戸まで行きんさったんじゃけ、虎丸様は元服すりゃあ、次代様のおそばにお仕えするんじゃなかろうかと、株仲間のもっぱらの噂ですけ」

「ありゃせん、ありゃせん」

「なんでそう決めつけるんです？　次代様にお会いになったんでしょう」

「会ったが、ここの三倍はある広い部屋じゃったけ、顔もよう見えんかったし、かけられたお言葉は、よう来たの、これだけよ」

胸を張り、偉そうぶった虎丸のふざけた言いぐさに、仲間たちが大笑いした。

その中で哲郎だけが笑わず、真剣な様子で言う。

「ほんまか？　ほんまになんもなかったんか？」

「うん。ない」

哲郎が安心した様子なので、虎丸は嬉しくなった。

「元服したら、尾道の船手組屋敷で勤めをする。お前はどうするんじゃ。このまま草津村におるんか」

哲郎の家は、三次藩の御用商人だ。牡蠣株に一口乗り、草津村に居を構えて海で働いているが、本家は三次町の陣屋近くにある。

「わしか」哲郎は、指先で鼻をこすりながら言う。「わしは、草津村で生まれ育ったんじゃけ、三次には帰らんよ。だいいち、居場所がないわい」

妾の子である哲郎は、虎丸と同じく、母一人子一人の暮らしをしてきた。

虎丸と違うのは、武家ではなく商人、そして、母親が息災なことだ。

虎丸は酒をすすめた。

受けた哲郎が、一口飲んで言う。

「虎丸が元服するいう話になって思うたんじゃが、そうなったことを思うと、寂しゅうなるの」

「因島の連中がおるじゃないか。今回は来られんかったが、次からは来てくれるよ」

「広島藩の仕事が忙しい言うて来てくれんかったんじゃけ、次も無理じゃろ」

「佐治にはわしからよう言うとくけ、次は来てくれるよ」

「虎丸の幼馴染みを悪う言いとうないが、わしは、どうも好きになれんのよ。今回来んかったのも、牡蠣船の警護より藩の仕事のほうが、手当てが良かったからじゃいう噂で」

佐治の家は瀬戸内の水先案内を生業にしているが、牡蠣船の警護よりも儲かる話を四国の商人から頼まれたので、藩の仕事と偽り、そちらの仕事を受けていたのだ。

虎丸はそのことを知っていたが、黙っていた。

「それにはわけがあるんじゃ。おやじさんが急な病で倒れて、医者代がいるけぇ断ったゆうてよった。佐治が動かにゃ、他のもんも島を出られんけ、代わりにわしが江戸の帰りに大坂へ寄ることになったんで。わしまでおらんかったらまずい、いうことになっての」

「そうだったんか。佐治には、悪いことを言うた」

「次は来るじゃろうけ、仲ようやろうや」

「おう」

そこへ、船頭の一人が酒を持って寄り、哲郎に酌をしながら言う。

「虎丸、哲郎、佐治。この三人が揃えば、怖いもんなしじゃ。能島の弥介が加われば、こりゃちょっとした水軍になるの。牡蠣水軍じゃ」

この言葉に皆が喜び、酒宴は大いに盛り上がった。

夜更けまで続いた酒宴が終わり、虎丸はそのまま治兵衛の家に泊まった。

朝になれば村上のおやじ殿が来るかと思っていたが、来なかった。

虎丸は、鉄砲町（てっぽうちょう）の村上屋敷に帰るつもりはなく、今日は尾道に泊まり、明日は因島の佐治宅を訪ね、父親の見舞いをしようと決めていた。

朝餉（あさげ）を共にした治兵衛に、虎丸は言う。

「亀婆（かめばあ）に江戸の土産を届けて、今夜は泊めてもらう」

「ほうですか。虎丸様の顔を見りゃ、おふくろは喜びますよ」

明日は因島に行くので、何かあれば知らせてくれと言い、虎丸は尾道に向かった。

## 三

千光寺下の斜面にある天亀屋の別宅から眺める尾道の景色は、尾道水道が大きな役割を果たし、格別の美しさがある。

だが、初めて見た江戸の景色は、半年過ぎた今でも虎丸の頭から離れなかった。

廊下に座り、眼下の町と、向島とのあいだにある水道や、青くきらめく瀬戸内の海に浮かぶ島々を遠望していながらも、頭の中には、広島藩の上屋敷や、上陸した品川のにぎわい、道行く者たちの垢ぬけた様子が浮かんできた。

茶菓を持って来た老女が、虎丸の様子を見て微笑み、折敷を差し出しながら顔をのぞき込む。

「虎丸、江戸のことを考えとるんじゃろ。忘れられんべっぴんさんがおったんかいね」

よっこらしょ、と言って横に座る老女に、虎丸は笑みを浮かべる。

「そう思うか、亀婆」

亀婆は、よもぎ餅を食え、と言って皿を差し出し、お歯黒を見せた。

「倅がの、虎丸は若いけぇ、江戸は目に毒じゃゆうてよったで」

「治兵衛が？」

「ほうよ。あれも若い頃は、なんじゃ言うたかいの、遊女が囲われとるところは」

「知らん」

「まあ知らんでもええ。倅はの、江戸に行った時にゃ、そんなところでよう遊びょったんじゃげな。へぇから江戸の町にゃあ、着飾ったべっぴんさんがよけぇおるんじゃろ。違うか」

「まあ、そうじゃの。おるいやぁ、おる」

「ほれ、ほれほれ、やっぱりあっちが恋しゅうていけんのじゃろ。また行きたいか？」

「亀婆、わしをおちょくっとるんか」

「おちょくっとりゃせん。虎丸が名前を呼んでも返事をせんけぇ、ここがいやになったんじゃなかろうかと、心配したんよ」

「なるわけない。わしは尾道が好きじゃけ、今日も城下の屋敷に行かんこう（ないで）、ここで世話になっとるんじゃ」

亀婆はにんまりとした。

「それを聞いて安心したでよ。虎丸がおらんのは、寂しいけぇ」

「そもそも、江戸に行く用事がない。去年はおやじ殿が風邪を引いたから代わりに行ったが、元服したら藩の御船手方を務めることになるじゃろうから、尾道の役宅に入る。ここのすぐ下にあるやつじゃ」

「そりゃ初耳じゃ」

「嘘（うっそ）を言う。こないだも言うたじゃないか」

「ほうかいの。すまんすまん。ほいで、元服はいつかいの」

「そりゃ分からん。わしはもう十八歳じゃけど、おやじ殿は許してくれん」

腹立たしいが、虎丸にはどうにもできぬことなので、その日を待つしかないのだ。

亀婆が、またよもぎ餅をすすめた。

「美味しいけぇ食べてみんさい」

虎丸は一つ取り、口に運んだ。よもぎの香りが広がり、甘過ぎず、ほのかに塩味が利いている。

「旨い」

「ほうか。もう一つ食べんさい。昼めしはジャコをゆでたのと、ジャコの炊き込みにしょうかいの」

「わしはもう少ししたら出るけ、昼はええよ」

「どこ行くん？」

「因島の、佐治の家よ。おやじさんの見舞いも行っとらんけ」

「はあはあ、ほうね。気を付けんさいよ」

「うん」

二つ目を口に運ぶ虎丸に目を細めた亀婆が、思い出したように言った。

「そういや倅が、虎丸が元服できんのは、広島の殿様がお許しにならんからじゃゆうてよったの。あれじゃないんね虎丸、あんたが分家様（三次藩）の手伝いばっかりするけぇ、へそを曲げとりんさるかもよ」

「それは違うよぉ亀婆。わしが牡蠣船を手伝うのはおやじ殿も承知のことじゃし、母上とわしが草津村に暮らしとったから、えかろう言うて、許してくれとるけ、殿様もお許しくださっとるはずじゃ」

「はあ、ほうね」

「ほうよ。ほいじゃが亀婆が言うように、殿様が元服をお許しにならんのなら、わしはこれから、どうすりゃええんじゃろうか。同い年の者らは皆、城勤めやらをしようるのに」

「まあ、待つしかないじゃろうの。虎丸はええ男じゃけ、ほっとかりゃせんよ」

亀婆は慰めるように言い、湯呑み茶碗を持って立ち上がった。

悶々とした気分の虎丸は、あぐらをかいている膝をくるりと転じて立ち上がり、庭に出た。

腰までの生垣から尾道水道を見下ろし、考えごとをはじめたのだが、この時にはもう、江戸のことなどすっかり消えていた。頭にあるのは、おやじ殿の役に立ちたいと思うことだけだ。

実の父の顔も名も知らない虎丸は、広島藩の重臣である村上信虎に引き取られ、子として育てられた。虎丸が四歳の時、草津村で起きた火事で母を喪い、一人になったからだ。

信虎は、村上水軍を先祖にもつ家柄だが、村上の本家筋とは縁遠く、毛利に従って長州に行かずに残り、水先案内人として働いていた。信虎は、その御家の四代目だ。

若い時に広島藩主の浅野安芸守綱長の目にとまり、因島に領地を封され、船手方の重臣として仕えている身だが、実子に恵まれていない。ゆえに信虎は、火事で母を喪った男子を引き取り、虎の一字を与えて育てた。それが虎丸だ。

先祖伝来の秘剣を伝授し、奥義・双斬を体得させたのは、信虎が虎丸にかける情が厚い証と言えよう。

虎丸は、大恩ある信虎のために一日も早く一人前になり、楽をしてもらいたいと思っている。眼下にある船手組屋敷で働くことが、今の願いだ。

美しい景色を見ているのに、虎丸のこころに、ある思いが浮かんだ。

自分が元服を許されないのは、武家ではなく身分が低い家の生まれで、もらわれた子だからかもしれない。

だとすると、生涯このままか。

いや、おやじ殿は、村上家の子として育ててくれたのだから、そんなこと、あるはずはない。

考え過ぎだ。

そう自分に言い聞かせ、暗い気持ちになるのはやめた。

尾道の港に下りた虎丸は、村上家の船で因島に渡った。

幼馴染の佐治の家は、因島の東側にある古城址(こじょうあと)(長崎城(ながさき))の麓(ふもと)にあり、戦国の世は村上水軍に仕えていた家柄だけに、屋敷も立派だ。

船を待たせて屋敷に向かう虎丸を見かけた町の男たちが、帰って来たんか、と、声をかけてきた。

信虎に連れられて虎丸が因島を出たのは五年前だ。四歳で引き取られ、五歳から八年間をこの地で過ごした虎丸にとっては、草津村に次ぐ故郷だ。

杖(つえ)をつき、歩いて来る老翁の姿が目にとまった。

本人は懸命なのだろうが、齢(よわい)八十という高齢のため、普通に歩いている幼子に追い抜かれている。

虎丸は歩いて近づいた。

「古村の爺様、こけるけえ、慌てんさんな」

立ち止まって腰を伸ばした古村の爺様が、歯のない口を開けてにんまりとした。

「あは、あはは」

曲がった指で虎丸の顔を示して笑うのは、帰って来たのが嬉しいからだろう。

虎丸が幼い頃は、佐治と一緒に船に乗せてもらい、魚の取り方を教えてもらった。

名前を憶えているのだろうか。

「わしが分かるか、爺様」

「うん。うん。よう帰りんさったの。五年ぶりじゃろう」

頭はしっかりしているようだ。

「今日は、佐治に会いに来た」

「はあはあ、佐治に。へじゃがありゃ、今朝早う若いもんと出たで」

「どこへ行ったん？」

「さあ」爺様は、近づいて来た町の者に顔を向けた。「あんた、虎丸様が佐治を訪ねて来んさったが、どこへ行ったか知っとるの？」

漁師をしている町の男が、潮焼けした赤黒い顔を虎丸に向け、白い歯を見せた。

「久しぶりじゃね、若様」

「若様はやめてくれぇや。虎丸でええけ」

「なんようるんね。立派になって、村上家の若様じゃがね」

「着物がええだけよ。まだ元服もしとらん半端もんじゃけ。それより、佐治はどこへ行った」

「水先案内で伊予へ行ったよ。不幸があったけ、昨日まではおったんじゃがね」

　虎丸は驚いた。

「不幸じゃと？」

「佐治のおやじさんが亡くなられたんよ」

「ええ！」

　虎丸は顔をゆがめた。元気だった佐治の父親の豪快な笑い声と、ふくよかな顔が頭に浮かぶ。

「信じられん。嘘じゃろ」

「皆、そがな気持ちよね。倒れなさる前は、町のためによう働いてくれよっちゃったけ、ほんまに、惜しい人を亡くしたよ」

　心ノ臓の病だと、今日初めて知った。

夏の終わりに倒れて病床に臥していたが、半月前に、佐治と家族に見守られて逝ったという。

「おふくろ様は、元気なんか」

これには古村の爺様が答えた。

「元気よ。千鶴と家におりんさるけ、顔を見せてあげんさい」

「分かった」

虎丸は二人と別れて、佐治の家に急いだ。

古城の麓の家に着き、表の戸口で訪いを入れる。

「ごめんください！」

「はぁい」

中から若い女の声がして、木綿の着物を着た町人髪の女が出てきた。

虎丸を見るなり、目を丸くした。

虎丸も同じだ。

「千鶴、なのか」

色白の顔は、五年前とは見違えて、大人びている。

はいと答えた千鶴に大きくなったと言うと、四歳下の千鶴は、恥ずかしそうに眼を伏せた。

「虎丸兄ちゃんも、別人みたいじゃね」

千鶴は佐治の妹で、幼いころはよく三人で遊んでいた。

「五年ぶりじゃけえの。おやじさんは、気の毒なことだったの。尾道では、佐治と一緒に時々会いよったんじゃが、まさか、亡くなられるとは思いもせんかった」

「うん」

涙声になる千鶴の肩に手を差し伸べた虎丸は、仏壇に線香をあげさせてくれと頼み、中に入れてもらった。

佐治と千鶴の母親の幸恵（さちえ）は笑顔で迎え、喜んでくれた。

とは言っても、最愛の夫を亡くした悲しみは深く、やつれたように思える。佐治はおそらく、母を心配しつつ家を出たに違いない。

仏壇に手を合わせた虎丸は、可愛がってくれた佐治の父親に礼を言い、膝を転じた。

茶を出してくれた幸恵に頭を下げ、一口飲んだ。

「来る時町の者に聞いたんですが、佐治は、今日は帰らんのでしょ」

「せっかく来てくれたのに、明後日（あさって）まで帰らんのよ。今日は、泊まってくれるんね」

「そうしたいんじゃが、おやじ殿に江戸のことを報告できとらんけ、今夜は尾道に泊まって、明日は広島に行かにゃいけんのよ」

佐治がいないので泊まるのを遠慮した虎丸は、江戸の土産話などをして、また近いうちに、佐治に会いに来ると言って引き上げた。

因島の他の知り合いのところに顔を出し、待たせていた船に乗って尾道に帰ったのは、夕暮れ時だ。

亀婆がこしらえてくれたジャコ尽くしの夕餉を食べ終えて、ふと、息を吐く。

「どうしたんね。ため息をついて」

心配する亀婆に、佐治の父親が亡くなったことを教えた。

「おやじ殿が広島におる時は、わしを家に呼んで可愛がってくれた恩人じゃけ、寂しゅうての」

「そのおかげで、佐治と虎丸は兄弟のように育ったけぇの。佐治とは、会えたんか」

「いいや、伊予に行っとった。おふくろ様が泊まれ言うてくれたんじゃが、城に呼ばれとるおやじ殿のことも気になっとったけ、帰って来た」

「お城での話が元服のことなら、そろそろ報せが来てもええ頃じゃろうに、何をもたもたしとってんかの」

「元服のことじゃのうて、城で何かあったんかもしれん。おやじ殿から呼び出しがあるまで、ここで待ってもええかの。また佐治のところにも行きたいけ」

「ええよ、なんぼでも泊まりんさい」

「ほいじゃ亀婆、肩揉(も)んじゃろう」

「まあうれし」

虎丸は、背中を向ける亀婆の肩を揉んでやり、大坂で牡蠣船が大儲けをした話などを聞かせ、夜が更けると、いつも使わせてもらっている部屋に入り、亀婆が敷いてくれていた布団で眠った。

四

翌朝は、朝日がいつもより美しかった。

瀬戸内の海は陽光を浴びて輝き、向島の山は山桜が咲き、遠くに霞(かす)む島々は、輝く光の中に浮いて見える。

冷たい水で顔を洗った虎丸は、亀婆が焼いている魚の匂いに食欲をそそられた。

今朝獲れたての鯖をおかずにご飯を食べ、年老いた亀婆の分も片づけをした虎丸は、庭の掃除をした。

広島藩と三次藩の御用商人だけでなく、瀬戸内の塩と海運で莫大な財を得ている天亀屋は、亡き先代と、亀婆が大きくした。屋号にも一字を取っている亀婆は、創業者の妻で当代の母親なのだから、使用人が何十人とそばにつき、箸より重い物をもたずともいいはずなのだが、苦労人の亀婆は、そういうことを一切きらい、一人でこの別宅に暮らしている。

治兵衛は、高齢の母を心配して、広島城下の本宅に呼びたがっているが、

「尾道が気ままでええ」

と、亀婆は断っている。

とはいえ、別宅は広い。外のことまではなかなか手が回らぬようで、庭は昨年の落ち葉がたまっている。

虎丸は、城に呼ばれた信虎のことを気にしながらも、せっせと掃除をしていた。一刻（約二時間）ほど汗を流したところで、亀婆が絞ってくれたみかんの汁を飲んで一息ついた。

一匹の野良猫が石塀の上にひょいと姿を見せ、庭に入ってきた。

亀婆が気付き、舌を鳴らして呼ぶ。

「小梅（こうめ）、はっこい（おいで）」

黒い雌猫が、答えるように鳴く。

「ええこじゃの。煮干しがあるけ、こっち来んさい」

台所に行く亀婆を追って廊下に上がった小梅は、腰かけている虎丸の肘（ひじ）に頭をこすりつけてから、小走りで行った。

昼まで掃除をしようと思い、立ち上がった虎丸は、背伸びをして、活気ある尾道の港を見おろした。

ひと際速い船に目がとまったのは、尾道水道の南側を見渡していた時だ。

広島の方角からの潮流に乗っている船は、十人の漕ぎ手で走る、治兵衛自慢の早船だった。

船は、眼下にある天亀屋の桟橋に滑り込み、豆粒ほどの人が降りてくるのが分かった。他の者とくらべて一人だけずんぐりした姿は、おそらく治兵衛だ。

目で追っていると、この別宅に来るための坂道に入った。商家の屋根で姿が見えなくなったところで、虎丸は廊下に上がり、台所で小梅といる亀婆に大声をあげた。

「亀婆、治兵衛が来るで」

「まあ珍しい。どうしたんかね。何かあったんじゃろうか」

亀婆の言うとおりだ。広島城下の本店で忙しくしている治兵衛が来るのは、何かあったに違いない。

虎丸は、いやな予感がした。

程なく表の戸を開ける音がして、治兵衛の声がした。

「おふくろ、虎丸様はおりんさるか！」

「あんた、どうしたんね慌てて」

亀婆が迎える声がして、治兵衛が何か答えたがよく聞こえない。廊下を歩く音がして、治兵衛の丸顔が柱の角からのぞいた。

「おお、そこにおりんさったか」

脂ぎった顔に険しい色が浮かんでいるので、虎丸は焦った。

「奴らが何かやらかしたか？」

「ええ？」

治兵衛は頓狂(とんきょう)な顔をした。

虎丸は、申しわけないと思った。

「わしが連れて戻った能島の弥介らのことよ。あいつら、なんかやらかしたんか？

盗みでも働いて逃げたか」

「まあそれがな、虎丸様。弥介らはなんとまぁ、よう働きますでよ。ほんまに、ええ人を連れて来んさった。草津村に御用で来んさっとった山田様（三次藩の家老）が大喜びされて、虎丸様に、よろしゅう言うとってくれとのことです」

「なんじゃ治兵衛、わざわざそがなことを言いに来たんか」

「いやいや、わしが来たのは、村上様に頼まれたけぇですよ」

「おやじ殿に！」虎丸はどきっとした。「元服のことか」

治兵衛は家の中の様子をうかがった。亀婆を気にしているようだ。

「ここじゃ言えんのか」

訊く虎丸に、治兵衛は顔を向けた。迷っている様子で、口を開く。

「行きゃ分かります。今すぐ、広島の屋敷に戻れとのことです。まだ昼前じゃけ、馬を走らせりゃ、夕方までには着きましょうが」

「おやじ殿はなんで、わざわざ忙しい治兵衛に伝言を頼まれたんじゃ」

「骨休めに、おふくろの顔を見に行く言うたけえですよ」

「ほんまか？」

「ほんまです」

治兵衛はまた、亀婆が近くにいないか気にした。

何か隠している。そう思った虎丸は、かまをかけてみた。

「ほいじゃあ、焦ったこともなさそうなの。明日じゃいけんのじゃろうか。庭の掃除も途中じゃし」

治兵衛は驚いて庭を見た。

「虎丸様に掃除などしてもろうちゃ、ばちが当たりますけ」

「わしが好きでしとることじゃけ、ええんよ」

「ほいじゃが虎丸様、村上様はお急ぎのようでしたよ。船手組の馬を使うようにということじゃったんで、上がって来る前に、船手組の人に馬の支度をするよう声をかけときましたけ」

「船手組の馬を？　そりゃあ、これまでにないことじゃ」

「早う行きんさったほうがええと思います」

治兵衛はなんだか嬉しそうだ。

茶を持って来た亀婆が、興奮した様子で言う。

「虎丸。元服のことかもしれんね」

治兵衛は、亀婆に呆れた顔を向ける。

「おふくろ、やっぱり聞いとりなさったか」

「あんたが来るのが珍しいけぇ、気になるがね。虎丸は、元服するんじゃろ。隠さんこう言いいんさい」

治兵衛は亀婆の言葉にうなずき、目を輝かせた。

「はっきり聞いたわけじゃないが、おそらくそうじゃと思う」

亀婆が目を輝かせた。

「虎丸、早う行きんさい」

「よし。行って来る。港で佐治を見たら、また来る言うとってくれ」

虎丸は胸を躍らせて坂道を駆け下り、引き出されていた船手組の馬を借りて広島に急いだ。

鉄砲町にある村上屋敷の門を潜ったのは、七つ（午後四時頃）だった。

馬を下男に預けて母屋に入ると、待っていた家来たちに湯殿に連れて行かれ、身を清められた。

支度を終えたのは日暮れ時だ。

ずっと付いていた用人の磯村嘉七（いそむらかしち）に虎丸が訊く。

「ここまで支度に手間をかけてもろうて言うのはあれなんじゃが、今から城へ行くんか」

「殿様にお会いするのに、潮臭いのはいけん言われましての。とにかく急げとのことですけぇ。まいりましょう」

信虎は一足先に屋敷を出て、広島城で待っているというので、裃（かみしも）のももだちを取り、城へ向かった。

信虎は、大手門前でそわそわしながら待っていた。

「おやじ殿」

「おお、ようやく来たか」

「急のお呼び出しは、元服のことですか」

「わしの口からは言えん。殿がお待ちかねじゃけ行こう」

信虎に背中を押された虎丸は、磯村と家来たちを大手門前で待たせて本丸御殿へ向かった。

初めて城の中に入る虎丸は、緊張のあまり、周囲を見る余裕はない。

先を急ぐ信虎の背中ばかりを見て、気付いた時には、御殿の大廊下で立ち止まっていた。

信虎が振り向く。

「ええか、今日はお前にとって、人生が変わる日じゃ。殿が仰せになることを、一言も聞き漏らしてはならんぞ」

「はい」

「おっしゃ。ほいじゃ行くで」

信虎は先に立ち、障子が開けられている部屋に入った。

続いて入った虎丸は、江戸の上屋敷よりも荘厳で広い部屋に、息を呑む。

「おい、こっちじゃ」

小声で呼ばれたので、虎丸は信虎に歩み寄る。

「ここへ座れ」

信虎の横ではなく、前を示され、困惑する。

「おやじ殿の前に座るわけにゃいかんでしょ」

「ええから座れ」

「はあ」

申しわけない気持ちで正座すると、背中をたたかれた。

「背筋を伸ばせ。ええか、殿がおみえになったら、無礼のないようにの。教えたとおりにせえよ」

ずいぶん前のことなので作法は覚えていない。

「顔を見たらいけんのでしたよね」

「そうじゃ」

廊下で咳ばらいがして、見知らぬ若い侍が来た。

「おでましです」

侍はそう教えると、廊下に正座した。

信虎に背中を押されたので、虎丸は両手を膝の前で揃えて平伏した。

足音がして、衣擦れがする。部屋に入ったのは一人ではないが、顔を上げて見ることはできない。

一同が落ち着いたと思われた時、声がかかった。

「村上家の両名、面を上げよ」

誰のものか分からぬが、上座からした声に応じて頭を上げた虎丸の目に入ったのは、筆頭家老の浅野右近と、同じく家老の上田主水だ。

二人の家老が向き合う奥の、上段の間の中央には、藩主安芸守が座し、じっと、虎丸を見つめていた。

一瞬だけ目を合わせてしまった虎丸は、慌てて顔を下げた。領地の見廻りをする姿は遠くから見たことがあるが、こうして一つの部屋で顔を見るのは初めてだ。それなのに、どこかで会った気がするのは、なぜだろう。

信虎が後ろで言う。

「殿、虎丸にございます」

「うむ。虎丸、苦しゅうない。顔を見せよ」

「はは」

やや上げると、綱長が満足そうに顎を引く。

「大きゅうなったの」

やはり、どこかで会ったことがあるのだろうか。

虎丸は、不思議な思いで眼差しを向けた。

綱長は薄い笑みを浮かべたが、それは一瞬のことで、厳しい顔をする。

いよいよ元服だ。役目はなんだろう。

「虎丸」

「はは」

「お前は、赤穂(あこう)の事件を知っておるな」

いきなりなんだ、と思った虎丸の脳裏に、五年前のことが浮かぶ。

広島浅野家の分家である赤穂藩主の浅野内匠頭が、江戸城本丸松之大廊下で吉良上野介を斬りつけて怪我を負わせた。これに激怒した将軍綱吉の命で、内匠頭は即日切腹。赤穂の浅野家は改易となった。

内匠頭には、草津村の領主である三次藩の浅野家から阿久里姫（瑶泉院）が嫁いでおり、広島との関わりは濃い。

事件があった翌年の十二月十四日に起きた赤穂義士の仇討ちは世に聞こえ、江戸庶民のあいだでは忠義が美化され、芝居にもなって大人気となっているそうだが、当時、仇討ちには阿久里姫が深く関わっている、という噂があった。

そのこともあり、赤穂義士が討ち入りを果たすまでの一年と九カ月のあいだは、本家の広島浅野家にとっては試練の時だった。

分家の浅野内匠頭が起こした大事件により公儀から睨まれ、広島の浅野家は縁座による改易の危機に陥っていたのだ。

藩主綱長は御家存続に奔走し、たいそう骨を折ったと認識している虎丸は、改めて、頭を下げた。

「赤穂事件のことは、父から聞いとります。御家の今があるは殿様のおかげじゃと、毎日のように聞かされとりました」

「そうか。じゃが、わし一人の力ではない。今があるのは、力添えをくださった将軍家直参旗本のおかげもあるのじゃ」

「江戸の、御旗本ですか」

「さよう」

それは初耳だった。深いところまで教えてくれるとなると、やはり、元服は間違いない。虎丸は、主家である浅野の秘密を知ったような気がして、胸が躍った。

綱長が身を乗り出す。

「そこでな、虎丸。浅野家を救うてくだされた大恩ある、さる御家のために、働いてもらいたい」

言葉の意味がすぐに理解できなかった虎丸は、思わず顔を、後ろにいる信虎に向けた。

信虎が目を赤くして口を引き結んでいたので、虎丸は驚いた。

おやじ殿が、泣いている。

「虎丸」

綱長に呼ばれて、虎丸は前を向いた。

藩主の前に座る二人の家老は、目を伏せぎみにして、微動だにしない。

じっと虎丸を見据える綱長が、硬い表情で告げた。

「よいか虎丸。お前は、これから会わせる者と江戸に行き、亡くなられた若殿の身代わりとなれ。将軍家直参旗本のあるじとして、生きるのじゃ」

虎丸は、驚きのあまり声も出ず、ただ、綱長を見ることしかできない。

ようやく声が出たのは、浅野右近に返事を求められてからだった。

「身代わりなど、わしにはできません。すぐばれますけぇ」

浅野右近は、口答えをする虎丸に何も言わず、神妙な顔で前を向いた。このようなことは無謀だと、右近も思っている証だ。

綱長が言う。

「亡くなられた若殿は、お前と瓜二つらしいのだ。そばに仕えている用人が申すのだから、よほど似ておるのだろう」

「わしには無理ですけ、お断りします」

「その口の利きかたは、殿に無礼であろう」

浅野右近が叱ったので、虎丸は頭を下げた。

綱長が言う。

「虎丸、これは君命じゃ」

そう言われては、何も言えない。

虎丸は押し黙った。

広間に重い空気が漂う中、綱長が毅然と続ける。

「若殿は幼少の時から病弱だったらしく、部屋から出ることはめったになかったそうじゃ。ゆえに、家督を継いでからも登城をしたことがなく、公儀の方々はおろか、家中の者さえも、ほとんど顔を見ておらぬらしい。両親も他界しておるゆえ、家来が承知しておれば、ばれることはない。お前が行かねば、大恩ある御家が潰れるのだ」

大恩大恩と言われても、虎丸にとって大恩あるのは、これまで育ててくれた村上家だ。おやじ殿に子はいない。引き受ければ、村上家はどうなるのだ。

そう思った虎丸は顔を上げ、綱長の目を見た。

綱長は真っ直ぐ見つめ、穏やかな表情をする。

「言いたいことがあれば申せ」

「村上家は、どうなるんですか」

これには信虎が口を挟んだ。

「虎丸、わしはお前に家督を譲るとは一言も言うとらんぞ」

継ぐものだと信じていた虎丸は、見開いた目を信虎に向けた。

言われてみれば確かにそうだ。おやじ殿から直に言われたことはない。だが、村上家の奥義双斬を体得させ、一字もくれたではないか。

「息子同然じゃと、言うたじゃないですか」

「黙れ。今は村上家のことなどどうでもよいことじゃ。君命じゃぞ」

虎丸は前を向き、思うことを言おうとしたが、自重した。

言葉を飲み込む虎丸を、綱長が促す。

「構わぬ。思うていることを申せ」

「では、言わせてもらいます。ほんまに、それでええんでしょうか。ただ顔が似とるだけのよそ者を入れて御家を存続しても、それは将軍家に対する忠義とは言えんと思いますが」

綱長は顎を引いた。

「わしも初めはそう思うた。じゃがの、虎丸、これはお前にとって、悪い話ではない。いろいろ厳しいこともあろうが、なりきってしまえば、お前は直参旗本じゃ。黙って大恩ある御家のために行ってくれ。若殿が今わの際に、お前に御家の未来を託したいと遺言されたそうじゃ。まだ十七の若殿じゃ。この世に思い残すことは多々あったであろう。その無念を晴らせるのは、お前しかおらぬ」

どうしてわしのことを知っとるんじゃろうか。

「殿様、今、遺言じゃとおっしゃいましたか」

「申した」

「どういうことでしょうか。わしは、一度も会うたことなどありませんが」

「そのわけは、直に訊くがよい」

綱長が廊下の若侍に顎を引く。

応じた若侍が一旦その場を離れ、人を連れて戻って来た。

中年の侍は、おずおずと下段の間に入り、信虎の後方に正座すると、両手をついて頭を下げた。

綱長が面を上げさせ、これに至ったわけを話して聞かせるよう告げた。

虎丸が膝を転じ、侍に横顔を向ける。

すると侍は、愛おしそうな顔をして虎丸を見つめたが、ふと我に返った様子で両手をついた。

「それがし、直参旗本・葉月家用人、坂田五郎兵衛と申します」

頭を下げるので、虎丸は膝に手を置いたまま辞儀をする。

五郎兵衛は、昨年の秋に江戸の町中で虎丸を見かけたことを話し、涙ながらに告げた。

「その頃、我があるじは、もはや起き上がることもできぬまでに衰えておりましたので、人と面会することもなく、そばに仕えるそれがしから町の様子をお聞きになるのが、唯一の楽しみでございました。そのような折に虎丸様をお見かけしたことは、この世の不思議と思い、あるじにお教えしたのでございます。あるじは、虎丸様が颯爽と歩かれるお姿を想像されたのでしょう。目に浮かぶとおっしゃり、五郎兵衛が出会ったのは、わたしの分身じゃと、おおせられたのでございます。その日に求めた妙薬も効き、快方に向かわれていたのですが……」

虎丸は、声を詰まらせる坂田五郎兵衛が、気の毒に思えた。

「亡くなられたのは、いつですか」

「ひと月前でございます。本日朔日は、月命日にございます」

「遺言されたというのは、ほんまですか」

「ほんま？」

訊く顔を向ける五郎兵衛に、信虎が耳打ちする。

「ほんとうですか、という意味じゃ」

信虎に顎を引いた五郎兵衛が、虎丸に顔を向ける。

「遺言はまことでございます。若殿は朝方、それがしともう一人の側近を呼ばれ、虎丸様を頼り、御家を存続させてほしい、と告げられ、息を引き取られたのでございます」

身代わりを遺言するあるじも、真に受けて広島まで来る家来も正気の沙汰ではない。それに、わしの気持ちはどうなるのだ。村上家を継ぎ、藩のために身を捧げる覚悟でいたわしの気持ちは、殿にとってはどうでもいいことなのか。

哀しくなり、訴える眼差しを上段の間に向けると、綱長はそらすことなく受け止め、諭すような顔をした。

「お前が行かねば、あるじも嗣子もいない葉月家は断絶となる」

反論したかったが、場の空気が許さない。

「どうしても、行かにゃあいけませんか」

綱長がうなずく。

「家禄五千石の葉月家が断絶となれば、家臣百余名、その一族郎党を合わせると、五百を超える者たちが路頭に迷うのだ。お前の気持ち一つで、その者たちの明暗が分かれる」

自分の返答一つで五百人もの人生が変わると言われては、断れないではないか。

虎丸は、そう叫びたい気持ちをぐっとこらえ、綱長を見た。

この殿様は、伊達に四十二万石の藩をしょってはいないようだ。下々の者にすぎぬ虎丸の心根を突いてくる綱長の眼力に、舌を巻く思いになった。

「虎丸、皆のために引き受けよ」

断れば、村上のおやじ殿とて立場が危うくなろう。

それに、殿の命をうけてお役目をまっとうすることが、村上家への恩返しとなるのではないか――。

虎丸は、決めた。

「江戸へ、まいります」

綱長は、よう言うた、という顔で顎を引いた。

二人の家老は目を閉じ、受けたか、という、なんともいえぬ表情をしているが、気付かない虎丸は、綱長に頭を下げた。

綱長は、寂しげな様子で虎丸を見おろしていたが、申しわけなさそうな顔で手を合わせる五郎兵衛に眼差しを向けて顎を引き、ふたたび、虎丸を見つめた。

「このことは、ここにおる者のみの秘密じゃ。広島の家臣たちには、お前が江戸詰めになったこととする。出立は明朝じゃ。今宵は城中に泊まれ。身一つで、五郎兵衛と行け」

皆と会い、別れをすることは許されなかった。

虎丸は、廊下に控えている若い侍に促され、大広間から下がった。

虎丸を見送った綱長は、両手をついたままの信虎のもとへ行き、手を取り、顔を上げさせた。

「信虎、今日まで、あれ(あい)をよう育ててくれた」

「もったいのうございます」

声を震わせる信虎は、涙顔を見せまいとしている。

黙って見守っていた上田主水が、辛(つら)い顔で長い息を吐く。

綱長が顔を向けた。

「主水、不服か」

「殿がお決めになられたことゆえ異論はございませぬが、虎丸君(ぎみ)が、あまりに不憫(ふびん)でございます。本来ならば、元服とともに殿の実子であることを明かし、尾道を含む三万石を封されの、三次藩に次ぐ分家となられたお方でございますものを」

「それを言うな」綱長は、五郎兵衛に眼差しを向けた。「今は亡き先々代の葉月諸大夫定義殿が上様に言上くださらなければ、浅野家は改易となっていた。その大恩ある葉月家を救えるのだ。倅を手放すことなど、惜しいとは思わぬ」

信虎が、五郎兵衛に両手をついた。

「殿はそうおおせですが、本心は違います。わけあってそれがしにお預けなされましたが、事あるごとに気にかけられ、ご成長をお喜びでした。五郎兵衛殿、その若君を、守っていただけるのですか」

「むろんにございます。身代わりとばれれば、葉月家のみならず、浅野四十二万石もただではすみませぬ。それを承知でお受けくだされた安芸守様の厚い義に報いるためにも、命に代えて虎丸様をお守りし、ご立派な御旗本になっていただきます」

五郎兵衛を見据える信虎に、綱長が言う。

「信虎、虎丸ならやれると申したのはそなたじゃぞ」

「申しましたが、急に、不安になりました。ばれた時のことを思うと、恐ろしゅうなりました」

「虎丸の顔を間近で見たのは、草津村でこの腕に抱いた時以来じゃが、あれは、いい面構えをしておる。そなたの仕込みがよかったからじゃ。口は少々悪いが、虎丸は、立派な旗本になる。わしのように外様大名では、公儀の顔色をうかがうばかりで幕政に口出しができぬが、旗本は違う。葉月家は、定義殿が小姓組番頭を務められていたように、徳川譜代の名家じゃ。役目に励めば、老中に上り詰めるのも夢ではない。そうであろう、五郎兵衛」

「いかにも。それに当家は……」

五郎兵衛は何か言おうとして、言葉を呑み込んだ。

見逃さない右近が、探る眼差しを向ける。

「当家は、何でござる」

「当家は、徳川譜代の中でも代々武勇に優れた家柄でございましたが、亡くなられた定光様は病弱でございましたので、剣術の稽古ができなかったのでございます。ゆえに、虎丸様のお役目は、すぐにというわけには……」

右近は、疑いの目を光らせた。

「そのことは、昨日から何度も聞いております。他に、何か隠しておられぬか」

「おりませぬ。虎丸様のことは、万事お任せください。この坂田五郎兵衛が身命を賭し、必ずや、ご立派な旗本になっていただきます」

右近は疑いを解かぬようだが、綱長は満足げにうなずいた。

「虎丸には、わしの実子であることを言わないでほしい。誰の子と知らぬほうが、葉月家を我が家と思えようからな」

五郎兵衛は、申しわけなさそうな顔をした。

「よろしいのでしょうか」

「よい。倅を、くれぐれも頼む」

「ははあ」

五郎兵衛は、かしこまって頭を下げた。

五

綱長の実子だと知るよしもない虎丸は、おそれおおい気持ちで、本丸御殿の一室で一夜を明かした。

親と慕う信虎とは、夜中に別れの杯をかわした。

信虎は終始大人しかったが、多くを語らぬだけよけいに、寂しさが伝わってきた。

「江戸では励め」

そう言った時の哀しげな信虎の顔は、急に老けたように見えた。

これからどうなるのか。

江戸の旗本とは、四十二万石を領する安芸守よりも家禄が少ないが、立場は同等より上の、名家の集まりだと思っていた虎丸は、村上家の家督を継ぐのとは雲泥の差があると気付いた。

旗本のあるじたるものは、江戸城に上がり、公方様と顔を合わせる。

おやじ殿でも想像がつかぬと言う場所に行くことになるのだと思うと、背筋が冷たくなり、いやな汗が流れてきた。

だが、断ることはできないのだ。

「腹を決めろ」

不意の声に眼差しを向けると、廊下に信虎が立っていた。

「おやじ殿」

「迷うた顔をしとる。昨夜は眠れなかったか」

「一睡も」

「気持ちは分からぬではないが、後戻りはできんのじゃ。行くしかないんじゃけ、腹をくくれ」

「分かっとりますが、わしにできましょうか」

「お前ならできる。飯を食うたのか？」

「喉を通りません」

「そうだろうと思うて、持って来た。これを船の中で食え。潮風に当たりゃあ、食欲が出る」

　笹の葉に包んだにぎり飯を渡してくれる信虎に、虎丸は胸が熱くなった。

　明日から、わしは別人となるのだ。もう二度と、おやじ殿に会えぬかもしれぬ。

　ふと、そう思い、哀しくなった。

「そがな顔をするな。お前の門出じゃ。ええ顔をして行け。わしは送れんが、天亀屋の者が上方まで送ってくれる。皆には、君命で江戸屋敷詰めが決まったことにしとるけ、間違えても旗本のことは口に出すなよ」

「分かっとります」

「坂田殿がお待ちかねじゃけ、早う行け」

　虎丸は居住まいを正し、畳に両手をついた。

「おやじ殿、世話になりました」

　頭を下げた虎丸は、信虎が涙をこらえているのが分かった。

顔を見るのが辛いので、虎丸は立ち上がり、目を合わせることなく身を返した。草津村にも行けず、哲郎や仲間たちと別れの言葉をかわせない虎丸は、五郎兵衛と共に広島の港まで行き、待っていた天亀屋の千石船に乗った。

五郎兵衛の願いで見送りもなく、寂しい船出だった。

出帆して程なく、船の中から治兵衛が現れたので、虎丸は驚いた。

治兵衛は、五郎兵衛に遠慮がちな態度で頭を下げ、虎丸に歩み寄る。

「虎丸様、江戸で困ったことがあれば、いつでも文をよこしてつかぁさい。この天亀屋治兵衛が、力になりますけ」

身代わりのことは何も聞かされていないはずだが、たいそう寂しげな面持ちをしている。

「治兵衛、もしかしてわしのことを……」

知っているのか訊こうとした虎丸の口を制すように、五郎兵衛が口を挟んだ。

「天亀屋、心配するな。虎丸殿は、それがしが江戸の藩邸にお送りする縁で、何かと相談に乗る。のう、虎丸殿」

話を合わせろという目顔を向けられ、虎丸は応じた。

「治兵衛、心配せんでもええ。佐治には会えずに行くことになったが、よろしゅう言うとってくれ」

「はい」

治兵衛はそれからも、そばを離れようとしなかった。

船はやがて、尾道水道に入った。

元服して勤めることを願っていた、船手組の組屋敷が見えてきた。

港は今日も盛況で、船手組の小早船が荷船に横付けし、役人が忙しく働いている。

天亀屋の別宅に目を向けた虎丸は、胸が詰まった。

庭から白い布を懸命に振る、亀婆が見えたからだ。

「治兵衛、お前、亀婆に言うたんか」

「おふくろの目はごまかせんものですよ。虎丸様が出られた後で、しつこう訊かれてつい……」

「まあええ。おかげで、姿を見られた」

今生の別れになるだろう。

虎丸は羽織を脱ぎ、大きく振った。

「亀婆！　長生きせえよ！」

声を張り上げても届くはずはないが、虎丸は叫んだ。

船は潮流に乗り、振られ続けている白い布が、遠く見えなくなった。

船尾に立っていた虎丸は、最後に叫んだ。

「おやじ殿！　亀婆！　みんな！　これまでありがとう！　忘れんけぇの！」

寂しさに目をつむった虎丸は、御家（広島藩）のために働くのだ、と気持ちを切り替え、きびすを返すと、船が進む方角へ眼差しを上げた。

「いざ、江戸へ」

# 第二話　囲われの身

## 一

村上虎丸は、大坂で天亀屋治兵衛と別れた後、陸路で旅をした。

広島藩士として手形を得ていたので、東海道の関所は難なく通ったのだが、関所以外の道中は、すべて頭巾をつけている。

誰が見ているか分かりませぬので、用心に越したことはございませぬ。と、五郎兵衛が言い、用意していた物をつけさせたのだ。

編笠で十分ではないかと虎丸は言いたかったが、つけてみると視界も良く、日差しが当たらないので意外と楽だった。

紺の錏頭巾をつけ、羽織袴の旅装束に大刀と小太刀を帯びているのだが、広島では、股引の軽装で船に乗り、二刀流の小太刀を帯びた暮らしをしていたので、堅苦しくてしょうがない。

昨年の秋の江戸への旅は、広島からずっと船だったので、そう日にちがかかった印象はない。しかし今回は陸の旅なので、足の疲れもあり、やけに遠く感じる。

広島から大坂までの船旅は何事もなかった。大坂からの陸路は急いで旅をしたのだが、東海道の旅路は、大井川や箱根などの難所もあり、品川宿まで来たのは、広島を発って二十日後だった。これが早いのか遅いのか、虎丸には分からない。同道している五郎兵衛は、約束の日に間に合ったと言い、一安心しているようだ。

品川の町は江戸の入り口とあって、人の数がぐんと増える。船で上陸した昨年の秋は、旅籠で働く化粧っ気の多い女たちに手を引かれたものだが、今回は頭巾で顔を隠しているせいで、女たちから声をかけられない。お堅い武家に見えるのだろうか、目を合わせようともしないのだ。

品川は旅人ばかりではなく、江戸から遊びに来る者も大勢いるので、油断をすると、酔ってふらふらしながら歩く者とぶつかる。

特に酔った侍と絡めば面倒なことになるので用心して歩いていると、前を行く五郎兵衛が一休みしようと言って、通り沿いの茶店に寄った。

人目につかない奥の長床几を示され、五郎兵衛と並んで座った虎丸は、茶が出されてから、頭巾を取ることを許された。

熱い茶を飲んで一息ついたが、五郎兵衛との会話はない。

二人は黙って、こちらに背を向けて座っている客たちのあいだから、大通りを見ていた。

虎丸は、店の前を歩んでいた武家の主従に目をとめた。後ろを歩いていた家来が、前を歩く若い侍に、若殿、と、声をかけるのが耳に届いたからだ。

ふと思うことがあり、五郎兵衛を見た。

長床几の左手に腰かけている五郎兵衛も、虎丸が見ていた主従を目で追い、熱い茶をすすっている。

湯飲み茶碗を持った手を膝に置き、下を向く五郎兵衛の横顔が、寂しげに見えた。

大坂で治兵衛と別れてからここまで、五郎兵衛は亡くなった若殿・葉月定光のことを話してくれている。

幼い頃から病弱だった定光は、両親から大事にされていたのだが、母親は、定光が八歳の時病に倒れ、病床に臥して半年後に他界していた。

父親の定義は、親戚や家臣たちから後妻をすすめられたのだが、頑なに拒み続けた。

らしい。

五郎兵衛が言うには、定義は、奥御殿に仕える侍女や女中たちが羨むほど正妻を大事にしていたらしく、先立たれた時は、十も歳を取って見えたほど、落ち込んだらしい。

それほどの妻想いだっただけに、後妻をしつこくすすめる親戚とは疎遠になってしまったという。

その後も、定義は外に妾を囲うこともせず、病弱な定光に愛情をそそぎながら、役目にまい進した。

親の愛情を受けて成長した定光は、心優しい人物だったらしく、五郎兵衛は話をするたびに涙ぐんでいた。

そして今も、町を歩く若い侍と家来を見て、在りし日の定光を思い出したのだろう。唇を小刻みに震わせ、目が潤んでいる。

定光の話を聞いた時、虎丸は、似ている者を身代わりにするよう定光が遺言したのは、五郎兵衛をはじめとする家臣一族郎党の身を案じた優しさからだろうと思った。

公儀に正体がばれれば、ただではすまぬ。そのことは、定光とて百も承知だったことは、五郎兵衛の話を聞いて分かった。

定光は、虎丸が瓜二つだと言う五郎兵衛を信じ、御家の未来を託したのだ。自分のことよりも、人のことばかりを考えていたという定光は、さぞ、無念だったろうと思う。

こころ優しく、家来に慕われていた定光に代わって生きることなど、できるのだろうか。

虎丸はここに来て、不安になった。

墓前に参り、手を合わせて問うてみたいと思った虎丸は、寂しげな顔をしている五郎兵衛に言う。

「五郎兵衛殿」

「ここからは、五郎兵衛とお呼びくだされ」

五郎兵衛は、穏やかな顔を向けてそう言った。品川からは、と、何度も言われていたことだ。

虎丸は、言いなおす。

「五郎兵衛、若殿にごあいさつをしたいんじゃが、案内してくれんかの」

五郎兵衛は周囲の耳を気にして、小声で訊く。

「何ゆえです」

虎丸も声を小さくする。

「今日からわしが代わりに生きるいうて、一言あいさつをしたい」

五郎兵衛は自分の手元を見て考えていたが、湯飲み茶碗を置いて立ち上がった。

「約束の刻限までには時がございますので、ご案内します」

虎丸は応じて立ち上がり、五郎兵衛について店を出た。

品川の町を江戸に向かって歩き、やがて、増上寺の朱色の山門が見えてきた。

昨年の秋に、牡蠣を献上しに行く途中で初めて山門を見た時には、その大きさに度肝を抜かれ、門前町の人の多さに酔い、頭が痛くなったことを思い出す。

品川の宿場もたいへんなにぎわいだったが、増上寺の門前町は、今日も前回と変わらず、人、人、人。

頭巾をつけている虎丸は、町の熱気で息苦しくなり、前を外して大きく息をした。

「ああ、しわ。また人に酔いそうじゃ」

気付いた五郎兵衛が、慌てて歩み寄る。

「ここで取ってはなりませぬぞ」

「少しぐらいええじゃろう。口と鼻を隠しとる布で、息苦しいんよ」

「辛抱できぬなら、菩提寺には行けませぬぞ」

「そりゃ困る」

慌てて口と鼻を隠した虎丸は、五郎兵衛を促した。

応じた五郎兵衛が、再び前を歩きだす。

門前町を歩き、増上寺の山門の前に連れて行かれた虎丸は、屋根を見上げ、そして門の中を見て感心して言う。

「この寺は、ほんまにでかいのう」

「将軍家の菩提寺ですからな」

「ははぁ、ほいじゃけぇでかいんか。門だけでも、圧倒される」

「虎丸殿、ほいじゃけぇ、とは、いかなる意味です」

「ほいじゃけぇは、ほいじゃけぇじゃろう」

「それは芸州弁です」

指摘されて、虎丸は考えた。

「江戸の言葉では、だから、と言うんかの」

「なるほど、だから、ですか。それもそのはず、増上寺には、二代秀忠(ひでただ)公の霊廟(れいびょう)がございますからな。覚えておいてくだされ」

さ、まいりますぞ、と言って五郎兵衛が案内したのは、増上寺の門前を右に曲がって程なくのところにある寺だ。

寺号額には、一光寺と記されていた。

一と千の違いがあるが、尾道の千光寺に似ていると思った虎丸は、亀婆や仲間のことを思い出し、早くも、帰りたい気持ちになった。

「虎丸殿、こちらです」

呼ばれて前を向いた虎丸は、増上寺の半分以下の、小さな山門を潜った。

もみじの新緑が美しい小道を進んで案内されたのは、境内の奥にひっそりと建っている、小さなお堂だった。

寺の者は、五郎兵衛を見ても会釈をするだけで、声をかけてこない。

ただ、頭巾をつけている虎丸のことは、興味ありそうな眼差しを向けつつ、うかがうように頭を下げてから、本堂のほうへ歩んでいく。

五郎兵衛は、そんな僧たちを見送った後でお堂の前で両手を合わせ、虎丸を振り向く。

「葉月家の墓はこのお堂の裏側にありますが、定光様は生きておられることになっていますので、ご遺骸は墓に納めず、先代定義様がご寄進されたこの安国堂の下に、人に知れぬよう埋めてあります」

「寺の者は、誰も知らんということか」

「住職の謙明和尚のみが、ご存じです」

「墓がないとは、気の毒なことじゃのう。もしもわしが断っとったら、どうしとったんじゃ？」

「御家は断絶となりますので、墓も絶えることとなります。謙明和尚に頼み、この安国堂を葉月家永代供養の場にしていただくつもりでした」

用意周到だと虎丸は驚き、五郎兵衛に感心した。

「頭がええ人じゃ」

五郎兵衛は笑いもせず、場を譲った。

「正面から手を合わせられますと、定光様と向き合う形になりまする」

「ほうか」

虎丸は、石を三段積にされた基礎の上に建つ朱色のお堂を見上げ、石畳に片膝をついた。

お堂ではなく、石の基礎に安置されている定光を想い、頭巾のままの失礼を詫びて、手を合わせた。

名を告げ、葉月家を守るために来たが、身代わりができるでしょうか、と、問うた。無理だと思えば、夢枕に立ってくれと頼み、念仏を唱える。

背後で声がしたのは、念仏を終えて、お堂を見ていた時だ。

「五郎兵衛殿、お戻りでしたか」

虎丸が振り向くと、僧侶が頭を下げた。

五郎兵衛が虎丸に、住職です、と紹介し、謙明に歩み寄る。

「たった今、戻ったところです。寺社方からは、何もござらぬか」

「ご安心を」

笑みで答えた謙明が、一度虎丸を見て、五郎兵衛に言う。

「お顔を、お見せくださらぬか」

五郎兵衛が虎丸を振り向き、考えるような顔をしていたが、謙明に顔を向けた。

「いいでしょう。ですが、ここではまずい」

「では、こちらに」

謙明が安国堂に誘うので、五郎兵衛と虎丸は中に入った。

五郎兵衛が虎丸に教える。

「定光様は、須弥壇の真下におられます」

「ほうか」

虎丸は、仏像の正面に正座し、ふたたび手を合わせた。そして、仏と定光の前で頭巾を取って見せる。

須弥壇の横手にいた謙明が、目に涙を浮かべて近づき、

「まさに、若殿様じゃ」

と、声を詰まらせながら言い、大きくうなずいた。

五郎兵衛が謙明に言う。

「それがしの目に狂いはなかったであろう」

「まさに生き写し。いや、こちら様のほうが、お元気そうで、たくましくてよろしい」

じっと見られて気恥ずかしくなった虎丸は、頭巾をつけた。

謙明が微笑み、五郎兵衛に顔を向ける。

「よう見つけられました」

「うむ。葉月家のために生きる決意をしてくだされた虎丸殿のことを、くれぐれも頼みますぞ」

「心得ております」

謙明は、虎丸に眼差しを戻し、お励みください、と言い、頭を下げた。

虎丸が黙って顎を引く横で、五郎兵衛が謙明に言う。

「約束の刻限がきますので、我らはこれにて」

「お引き止めいたしました」

穏やかな眼差しを向ける謙明に、虎丸は内心、胸をなでおろした。寺の住職に見られただけで落ち着かない気分になるとは、自分でも驚きだ。これから先、江戸城に上がることを思うと、背中にいやな汗が流れた。

「まいりますぞ」

五郎兵衛に促された虎丸は、謙明に頭を下げて立ち上がり、お堂から出た。

寺をあとにして向かったのは、芝口にある武家屋敷だった。

表門の潜り戸から入った五郎兵衛に続くと、中は古びた小さな母屋があるだけで、庭も草が伸び、手入れがされていない。

空き屋敷だろうか。

日が西に傾き、薄暗くなっていたのと重なり、不気味に思えた。

まさかこんなところが、旗本の屋敷ではないだろうと思いながら庭を見回していると、五郎兵衛が、こちらに、と、声をかけてきた。

枝が伸びた生垣の奥に消えた五郎兵衛を追った虎丸。するとそこには、編笠をつけた二人の侍がいて、黒塗りの武家駕籠(かご)が置いてあった。

駕籠を担ぐ四人の若者も、引き締まった表情で、落ち着いた、いい目つきをしている。ただの陸尺(ろくしゃく)ではないようだ。

剣術も、かなりの遣い手ではないだろうか。

そう思いながら見ている虎丸に、五郎兵衛が言う。

「ここにおる者たちはみな、秘密を知っております」

虎丸は、改めて皆を見て、五郎兵衛に訊く。

「若殿の遺骸を運んだんも、この人らぁか」

「さよう。これからは、頼れる側近と思うてくだされ。御屋敷で改めて紹介しますので、まずは、お乗りくだされ」

「分かった」

虎丸が歩み寄ると、侍が駕籠の屋根を上げ、戸を開けた。

秘密を知らぬ家中の者たちに顔を見られないよう用心し、ここからは駕籠にて屋敷に向かうと言われ、虎丸は乗った。

すぐさま動き出した駕籠は、武家屋敷が並ぶ通りから町中に出たらしく、外が騒がしくなる。

様子を見ようと思った虎丸は、駕籠の格子窓を開けようとしたのだが、封じられていて開かない。

日が暮れて、隙間から漏れていた光がなくなり、中は真っ暗だ。

まるで囚人じゃないか。

不安になった。

駕籠は急いでいるようで、揺れがひどい。

頭を側面にぶつけた虎丸は、目の前にある吊り縄を両手でつかみ、顔をゆがめる。

「海が荒れた時より揺れがひどい」

狭い駕籠の中で息が詰まり、気持ち悪くなりながらも、必死に耐えた。

中で虎丸が吐きそうなのを我慢していることを知らぬ一行は、

「急げ」

と、さらに歩を速めた。

二

揺れに揺れ、虎丸はぐったりしている。

船酔いになったことがないだけに、よけい辛く感じる。

「まだかいの」

吐きそうなのを我慢して訊くと、

「しゃべってはなりませぬ」

即座に五郎兵衛が答えた。

酸い物を飲み込んだ虎丸は、大きく息を吸って吐き、耐えに耐えた。

半刻（約一時間）ほど過ぎた頃に、身体が慣れたのか、いつの間にか吐き気が消えた。

眠くなってきたので、うつらうつらしていると、駕籠の外が静かになり、しばらくして止まった。

「門を開けよ」

五郎兵衛の声で、虎丸は目がさめた。

いよいよだ。

駕籠がふたたび動きはじめる。

すぐに、他の男の声がした。

「これより、やんごとなきお方が若殿の見舞いをされる。くれぐれも、ご無礼のなきように」

「はは」

門番と思われる者たちが、声を揃えた。

なんのための芝居だろうか。

気にする虎丸をよそに、駕籠の歩みは、ゆっくりというか、やけに慎重な様子となった。

門内に入ってしばらくしても駕籠は止まらず、黙々と運んでいる。いったい、どこに連れて行かれているのだろうと思っていると、唐突に、男の声がした。

「五郎兵衛、ご苦労だった。門番以外は表屋敷から遠ざけていたが、誰にも駕籠の中を見られていまいな」

「はい」

「よし、下ろせ」

ふたたび男の声がして、駕籠が下ろされた。

外から戸が開けられ、五郎兵衛に出るよう促される。

顔を出した虎丸が見たのは、敷かれた布団と、黒松が見事な襖絵(ふすまえ)だ。

虎丸は駕籠に乗ったまま、部屋に連れて入れられたのだ。

部屋には、空き屋敷にいた二人の侍のうち一人の姿はなく、代わりに、見知らぬ顔があった。若いが、身なりからして、家老だろうか。

その男を筆頭に三人が居住まいを正し、虎丸に頭を下げた。

駕籠から出た虎丸は、三人の神妙な態度に、堅苦しさを感じた。

「わしは、本物の殿様じゃあないけ、頭を上げてくださいや」

素直に応じる侍に、虎丸が訊く。

「さっそくじゃが、お二人の名前を教えてもらおうかの」

右側に正座する三十代と思しき侍が、虎丸の目を見てきた。

「それがし、納戸役を務めます恩田伝八と申します。今日より、身の回りのお世話をさせていただきます」

こざっぱりした身なりの伝八は、声も態度も柔らかく、人のあしらいに長じた雰囲気の男だ。しかし虎丸に向ける目つきは、田舎者、と思っているらしく、あまり気分がいいものではない。

続いて、左に正座する二十代であろう男が名乗った。

「家老の、竹内与左衛門と申します」

向ける眼差しは厳しいが、表情はないと言っていい。苦手とする、冷たい気性に思えた虎丸は、若い家老に目礼をした。

空き屋敷にいたもう一人の侍のことが気になったが、いずれ分かるだろう。

虎丸はそう思い、五郎兵衛に眼差しを向けた。

五郎兵衛は部屋の隅に控えていた陸尺たちに命じて駕籠を下げようとしたので、止めて訊く。

「こがに大仰なことをして、家来たちにばれんのん？」

これには竹内が答えた。

「ご安心を。この駕籠には、公儀のやんごとなきお方が乗っていることになっております。今宵はそのやんごとなきお方がお忍びで来られることになっておりますので、家中の者には駕籠すらも見てはならぬと命じ、長屋にて待機させております」

竹内が顎で指図すると、陸尺たちは駕籠を担いで部屋から出ていった。やんごとなきお方を送って帰ることになっているのだと、竹内が付け加えた。

虎丸は、一つため息を吐く。

「ようこれまで、ばれずにすみましたね。家来たちは、若殿がおらんようになった部屋を見に来とらんのですか」

「家老たるわたしが、近づいてはならぬと厳命しておりますので決して来ませぬ。

このことは、若殿が御生前の時からにございます」

　五郎兵衛が付け足す。

「若殿が身罷れば、御家は断絶でございましたので、ご容体の悪化により家中に混乱を起こさぬための、配慮にござる」

　竹内が、虎丸を見据えて言う。

「むろん、貴殿の存在があったればこその、配慮」

「どうしてもわしを連れて来るつもりじゃったのは分かるけど、ほんまに、ばれんじゃろうか。わしは今になって、心配になってきた」

　虎丸の弱気な態度が気に入らなかったのか、竹内の顔に怒気が浮かぶ。

「そちら様の名を、お教えいただきましょう」

　すると五郎兵衛が口を挟んだ。

「御家老、それがしが申した通り、こちら様は……」

「本人の口から、聞いておらぬ」

　ぴしゃりと言う竹内に、五郎兵衛は口を閉ざした。

　虎丸は居住まいを正す。

「あいさつが遅れました。わしは、村上虎丸です」

「ここにいる者にはそれでよろしいが、他の者には、葉月定光、と、お答えくださ
い」

「葉月、定光――」

厳しい眼差しの竹内は、戻ることを許さぬ覚悟らしい。断ればおそらく、命はな
い。

一旦引き受けたのだ。やるしかない。

虎丸は、性根を据えて顎を引く。

「旗本のことはなんにも分からんけえ、よう教えてつかぁさい」

芸州なまりに、竹内はぴくりと眉を動かし、恩田伝八は、困惑した様子だ。

虎丸が気付かずに言う。

「ほいで御家老殿、城へはいつ行くんです？」

竹内はまた、眉をぴくりとさせた。

「ほいで？」

訊く竹内に、五郎兵衛が慌てて耳打ちする。

「それで？という意味かと」

竹内は、なるほど、と言い、虎丸に真顔を向ける。

「これよりは、五郎兵衛と伝八がお世話をいたします。二人が申すことをよく聞き、まずは身体から、潮の臭いを抜いてください」

　虎丸は着物を嗅いだ。

　お前は馬鹿か、という目顔を竹内から向けられたが、虎丸は臭いが気になり、気付いていない。

　竹内が無表情で言う。

「葉月家の未来は、虎丸殿、貴殿の双肩にかかっておりまする。何とぞ、よろしく頼みます」

　竹内が両手をついて頭を下げるので、虎丸は、ふたたび居住まいを正した。

「どこまでやれるか分からんけど、広島の殿がお世話になった御家のために励みます。わしは海の男じゃけ、乗った船は沈めんつもりです」

「船を沈めぬとおっしゃるは、頼もしいかぎり。ではさっそく、葉月家の若殿になっていただくための学びに入っていただきます」

「学び？」

「若殿定光様は、病の届けを公儀に出されたままです。すでに身罷られていることを知っているのは、わたし竹内と、ここにいる用人の坂田五郎兵衛、納戸役の恩田伝八と、お迎えに出向いていたわたしの家来。駕籠を担いできた四人の陸尺。そして、一光寺の謙明和尚のみ。ゆえにここから一歩も出ずとも、誰も怪しむ者はおりませぬ。先ほど潮の臭いを取っていただくと申しましたのは、着物ではなく、虎丸殿、貴殿の御身のことです」

「わしの、潮の臭い」

「日に焼けて赤黒くなった肌の色は、病弱であらせられた若殿の、青白い顔色とはまるで違います。これをどうするか」

考える顔をする竹内に、五郎兵衛が言う。

「そのことはご心配いりませぬ。虎丸殿は海で日に焼けておられますが、元々は色白だと、安芸守様からうかがっております」

「それはよかった」

竹内は安心したようだが、虎丸はひっかかった。

「五郎兵衛殿、なして殿は、わしが色白じゃと知っとってんじゃろうか」

虎丸が安芸守の実子であることを知るのは、この場で五郎兵衛だけ。安芸守から固く口止めされていた五郎兵衛は、口からつい出てしまったことに動揺した。

だが、それは一瞬のことだ。五郎兵衛は、まことしやかに口を開く。

「おそらく安芸守様は、信虎殿から聞かれたのではないかと」

「ああ、おやじ殿か。それなら分かる」

虎丸は納得した。

五郎兵衛の人となりを知る竹内が、動揺を見逃すことなく、探る眼差しで見ている。

気付いた五郎兵衛が、関心をそらすために言う。

「御家老、虎丸殿はこのとおり日焼けがありますので、元に戻るまで、ここから一歩も出ぬほうがよろしいかと」

「なんじゃと！」

驚く虎丸を一瞥した竹内が、五郎兵衛に言う。

「確かに虎丸殿の顔は、長らく病に臥せていた者の色つやではない。奥方様に疑われては、いずれ公儀とて怪しもう」

虎丸は耳を疑った。

「今、奥方様、と聞こえたんじゃが、わしの聞き間違いですか」

竹内は、五郎兵衛に不服そうな顔を向けた。

「伝えていないのか」

五郎兵衛は素直に頭を下げた。

「申しわけございませぬ。言いそびれました」

慌てたのは虎丸だ。

「ちょっと待った。亡くなられた若殿には、奥方がおられるんですか？」

五郎兵衛が苦笑いをし、竹内が真顔で顎を引く。

虎丸は顔をゆがめた。

「そりゃ無理じゃろ。夫婦の契り(ちぎ)を交わした相手を騙(だま)せるわけない。話をしただけでばれますけ、わしはやめます。広島に帰らせてもらいますけえ」

立ち上がった虎丸に、竹内が鋭い眼差しを向ける。

「どちらに行かれます」

「決まっとる。今から広島に帰りますよ」

「虎丸殿！」五郎兵衛が両手をついた。「葉月家家臣一族郎党五百と五十八人を、見捨てられますのか」

「そう言われても、ばれたら元も子もないじゃろう」

外へ出ようとした虎丸に、竹内が言う。

「奥方様のことなら心配いりませぬ。若殿は病床に臥しておられましたので、夫婦の契りどころか、顔も知らぬうちに、他界されました」

なんと、おいたわしや。

虎丸は、拳を作ってにぎりしめ、目をつむった。

「それを聞いたら、よけいに引き受けられん。若殿は、どれほどご無念じゃったろうか。考えただけで、胸が締め付けられる」

五郎兵衛が追いすがる。

「その若殿が、あなた様に頼れと遺言されたのです。どうか、お考え直しください」

「しかし……」

「ならば、このまま奥方様とお会いにならなければよろしいかと」

そう言った竹内に、虎丸が振り向く。

「わしが会わんでも、いずれ向こうから来られるじゃろう」

「その心配もいりませぬ。五千石の御家ともなれば、大名と同じく、屋敷は表と奥に分かれ、厳しく限られております。当家では、表と奥をつなぐ唯一の廊下を厚い杉戸で仕切り、勝手に行き来できぬよう、錠前もかけております。先ほども、お二人は一度も顔を合わせておられないと申しましたが、若殿は、病で痩せ細った姿を奥方様に見られとうないとおおせられ、奥方様が見舞われたことはないのです」

虎丸は、それはそれで凄いことだと驚いた。

「奥方様も、顔も知らぬ夫の家で、よう耐えとってじゃの。相手の親も、よう縁談を許しちゃった。この家と、仲がええ相手か」

座っている竹内は、虎丸を見上げた。

「奥方様のお父上は、幕府若年寄であらせられる、出雲雲南藩二万石・松平筑前守近寛様にございます。小姓組番頭を務められた御先代（定義）の上役だったご縁で、筑前守様は一度だけ、若殿を見舞われました。その頃若殿は、まだ身を起こすことができ、時がたてば快復すると医者が申していましたので、諸大夫殿（定義）が娘の舅となるなら嬉しいかぎりだ、とおっしゃり、縁談が決まったのです」

「ほいじゃあ、わしのような者が身代わりと知れたら、大ごとになる。皆打ち首じゃ」

「我らは御家を守るために、その筑前守様とて騙すと腹を決めております。ですが、おっしゃるとおり、ばれたらおしまいゆえ、虎丸殿がこの先も、月姫様とお会いにならぬなら、我らとしては、そのほうが助かります」

虎丸は引き返し、竹内の前に片膝をついた。

「ほいじゃあ、離縁しんさい」

「は？」

「大名の姫が、身代わりのわしの女房でおったらいけんじゃろう」

「離縁の理由は、なんとされます」

訊く竹内の目つきは鋭い。

虎丸は、知恵働きを試されているような気がした。

「そりゃあ、病じゃけこの先どうなるか分からんと言えばええじゃろう」

竹内は、あからさまに落胆した。わざとらしいと思いつつも、他に妙案がない虎丸は、腹が立たなかった。

竹内が言う。

「そのような理由では、離縁などできませぬ。月姫様は、この葉月家に覚悟をもって嫁がれたはず。たとえ若殿が身罷られたと知っても、御実家には戻られませぬ」

「このままお互いに年を取ってあの世に行きゃあ、遅かれ早かれ、葉月家は絶える。それでええんじゃの？」

虎丸は半分脅すつもりで言ったが、竹内は動じない。

「お世継ぎのことは、まだまだ先のこと。まずは虎丸殿、貴殿には、まことの葉月家当主になっていただかなくてはなりませぬ。顔の日焼けが消えるまでは、この部屋から一歩も出てはなりませぬ」

「一歩も！　ほいじゃ、厠(かわや)はどうするん？」

「若殿は一年あまり、厠へ立たれたことがございませぬ」

虎丸は、ごくりとつばを飲んだ。

「本気でゆうとる？」

「朝から晩まで寝床で横になれとまでは申しませぬ。部屋も広うございますので、身体を動かすこともできましょう」

「こんなところじゃ、なんもできゃせんよ」

「あとは、その御国言葉ですな」

虎丸は手で口を塞(ふさ)いだ。言われるまで気付かなかったが、江戸生まれの直参旗本が芸州弁をしゃべるのは妙だ。

「わしゃぁ牡蠣船を手伝うあいだ上方で暮らしても、芸州弁が消えんかった。直参旗本の言葉も知らんのじゃけぇ、無理じゃ」

「ご案じめさるな。そのために、五郎兵衛と伝八がおります。今日から、しっかり学んでいただきます」

五郎兵衛と伝八が揃って頭を下げた。

こりゃぁ、いけんことになりそうじゃ。

虎丸はこころでそうささやき、一歩も出ることを許されぬ部屋を見回した。広さは、次の間を合わせれば三十畳はあるが、身体を動かすには狭い。剣術の稽古はできるが、走ったり飛んだりは無理だ。襖絵も黒松ばかりで、これぞ武家屋敷、という具合に地味だ。

尾道のような景色もない部屋に囲われて、耐えられるだろうか。

なんとかしてくれ、と言おうとしたが、竹内が先に口を開いた。

「今日はゆるりと休まれ、長旅の疲れを癒してください。明日からは、しっかり学んでいただきます。では、わたしは仕事がございますので、これにてご無礼します」

言葉は柔らかいが、目は笑っておらず、厳しい。そんな竹内に、虎丸は何も言えなくなり、頭を下げて見送った。

伝八が一旦下がり、熱い湯と盥を持って来てくれたので、虎丸は身体を拭き、差し出された浅黄の下着と、同じ色の寝間着に着替えた。

これまで着けていた鼠色の下着と着物よりは上等な生地だが、なんだか病人のようでいい気はしない。

いやそうな顔に見えたのだろう、伝八が気を遣った。

「お色が気に入りませぬか」

「いや、そうじゃないんじゃが。こがな色の寝間着は着たことがないけぇ、ほんまに病人みたいじゃと思うてね」

いやとは言えない空気が漂っている。

伝八が、微笑んでいるような顔つきになった。

「浅黄は、限りなく白に近づけてございます。武家にとって、純白は尊び。本来なら純白の物をお召しいただくのですが、無官の身のあなた様には、おすすめできませぬ」

さっそく学びか。と、虎丸は思う。

伝八はさらに教えてくれた。

それによると、江戸城で小姓組番頭を務めた定義のように、諸大夫とか、何々の守、という官位がなければ、純白を身に着けてはならぬというのが、武家の風習らしい。

白に近い浅黄を支度してくれたのは、伝八なりの気づかいなのだと分かった。

「なるほど、そういうことか」

虎丸が素直に納得し、寝間着を見ていると、五郎兵衛が笑みを浮かべた。

「一つ、学びましたな」

「うん」

「では、食事にいたしましょう」

腹ペコだったので、虎丸は目を輝かせた。

部屋から出た伝八が程なく持って来たのは、お粥だった。しかも、おかずは梅干し一つ。

情けなさそうな顔をする虎丸に、伝八が、また気を遣う。

「日焼けが元に戻り、学びが終わるまでの御辛抱です」

そう言うと膳を差し出し、両手をついて頭を下げた。

草津村のみんなと食べた焼き牡蠣や、亀婆のジャコ尽くし料理が恋しい。

五郎兵衛と旅の空で食べた数々の名物も、思い出しただけでよだれが出る。

「桑名の焼き蛤は、旨かったのぉ」

つい出た言葉に、五郎兵衛が眉尻を下げた。

「確かにあれは、旨かったですな」

「また食いたい」

言いながら、粥をよそられた漆器に手を伸ばした虎丸は、眉をひそめた。

「冷めとる……」

　これには伝八が即座に答える。

「お毒見をしてございますゆえ」

「亡くなられた若殿は、いつもこがな冷めた物を食びょっちゃったんか」

「たびょ？」

　伝八は、困惑した顔を五郎兵衛に向けた。

　五郎兵衛が咳ばらいをして、虎丸に言う。

「たびょっちゃった。ではなく、食されていたのか。あるいは、食べられていたのか。ですぞ」

「明日から励むよ」

　虎丸はお粥をぺろりと平らげ、物足りないので腹をさすって催促したが、台所方の者に怪しまれるという理由で、応じてもらえなかった。

　その夜は早く床に入った。

　五郎兵衛が、去り際に言う。

「朝は起こしにまいりますので、ゆるりと休んでくだされ。くれぐれも、くれぐれも！　ご勝手に部屋から出てはなりませぬぞ」

「ばれたらおしまい、と、いうことじゃろ」

「そのとおりです。では」

五郎兵衛は頭を下げて部屋から出た。

仰向けになった虎丸は、有明行灯(ありあけあんどん)の薄暗い中で天井を見つめた。

「静かじゃの」

耳をすましてみても、物音一つしない。

広島藩の上屋敷はそうとうな広さだったが、五千石の旗本は、どのような屋敷なのだろう。音がしないので、ここはそもそも、旗本の正式な屋敷なのだろうかと思う。

好奇心に駆られたが、身代わりだとばれたら、広島の殿様にも迷惑がかかるので、思いとどまった。

みんな今頃、何をしとるだろうか。

腹が減った。旨い魚を食べたいと思っているうちに、旅の疲れもあって、眠りについた。

朝方、腹の虫が鳴って目をさました虎丸は、布団から出ると、白くなっている障子に歩み寄り、そっと、少しだけ開けた。

隙間から見える景色は、幅三間（約五メートル）の庭と松の植木、庭を隔てた先にある廊下と、部屋の障子だ。

人気がまったくないので、向こうは表側の客間というところか。

わずかな隙間から見るだけでは、

「いっそ分からん」

虎丸は障子を閉め、反対側の障子を少しだけ開けた。

内廊下と、障子が見える。障子の先は、どのような部屋なのだろうか。物音もなく、人がいるようには思えない。

大きな建物だと想像できるが、なんのおもしろみもない、村上家の本宅と同じ、武家の家だ。

旗本なのだから当たり前か。

そう思った虎丸は、布団に戻り、あぐらをかいた。

空を見ることもできないので、何時かを想像することもできない。

暇だ。

腹が減った。

顔の色が元に戻るまで外に出られぬと言うたが、虎丸は物ごころついた頃から日に焼けて赤黒い顔をしているので、そもそも色白なのかと不安になる。

「なるようにしかならんか」

考えてもしかたのないことなのでやめた。暇つぶしに、刀の手入れをしようと思い、身を起こして、刀掛けに歩み寄る。

村上のおやじ殿からもらった二振りの小太刀は、共に、因島に暮らす刀工、芸州(げいしゅう)正高(まさたか)の作だ。

無名の若い刀工だが、刀身は実戦向きの作りで、敵の刀を受け止めても、刃こぼれがまずない。受け技が基本の、虎丸の剣技に適しているのだ。

虎丸は懐紙を唇に挟み、抜刀した。

刀身に一点の曇りなく、刃文は美しい。

手入れをはじめようとしていると、廊下に足音がした。

「若殿、今朝のお加減はいかがでございますか」

これが、前からされていた朝のあいさつなのだろう。五郎兵衛の声がすると同時に、内廊下側の障子が開けられた。

顔をのぞかせた五郎兵衛が、目を見開き、慌てて中に入って障子を閉めた。

「刀を出して何をするおつもりか」

「なんもしゃあせん。手入れをしよっただけじゃ」

「何もしておらぬ。手入れをしていただけだ。ですぞ」

五郎兵衛に指摘されて、虎丸は言いなおした。

満足そうに顎を引いた五郎兵衛が、手を差し出した。

「お刀をお預かりします」

「なんでや。はあかもやせんよ」

「意味がさっぱり分かりません」

五郎兵衛は、下座を示した。鴨居には、芸州弁をしゃべらない！　と書かれた紙が貼られている。

虎丸は一つ咳をして言いなおす。

「もう触らぬ」

「ともかく、お預けください。小太刀を二本差しにされている旗本はおられませぬので」

「捨てるのか」

「まさか。それがしをお信じください」

刀を鞘に納めて差し出した。

受け取った五郎兵衛は、一度部屋を出て、程なく戻ってきた。朝餉までのあいだに旗本言葉の稽古をすると言うので、虎丸は言葉を選んでしゃべったのだが、芸州弁が染みついている者にとって、旗本の言葉をしゃべるのは、にわか仕込みでできることではない。

それでも、登城している時につい出てしまった、では、取り返しがつかぬことになると、五郎兵衛が力説する。

「この屋敷から出たことがござらぬ若殿が、芸州弁をしゃべることはありえませぬ。たちどころに怪しまれますぞ。何も考えずとも旗本言葉が出るように、鍛錬なされませ」

「あい分かった」

「おお、その調子でござる」

「ほいじゃが、腹が減ったのう」

じっとりとした目で見つめられた虎丸は、言いなおした。

「それにしても、腹が減った。これでえぇか。いや、よいのか」

「よろしゅうござる。では、続けますぞ」

永遠と続くのではないかと思うほど、小難しい言葉や、武家の言葉を並べられ、繰り返ししゃべった。外に漏れ聞こえないよう、小声の会話だが、一刻も続けると喉がからからだ。

頃合いを見た五郎兵衛が、朝餉にしようと言い、部屋から出た。

慣れない言葉で疲れた虎丸は、横になって待った。

程なく、五郎兵衛が膳を持って来た。

期待はしていないが、やはり粥だ。

痩せる思いで静かに食べた虎丸は、続いて部屋に来た伝八によって、月代を整えられた。

元服していなかったので総髪だった虎丸は、月代を初めて剃った。

それを知った五郎兵衛が、両手をつく。

「本来は元服のめでたい席でする晴れ晴れしいことを、病床でさせて申しわけございませぬ」

「気にしんさんな。わしが引き受けたことじゃけ」

虎丸は芸州弁に気付き、慌てて口を塞いだ。

「どうも、いけん」

刃物を頭に当てていた伝八が、穏やかに言う。

「昨日の今日ですから、無理もないことです。急ぎ過ぎて妙な言葉になるといけませぬので、慌てず、ゆっくりでよろしいかと」

「伝八殿は、優しいのう」

頭を上げた五郎兵衛は、黙って朝餉の膳を持ち、部屋から出た。

「怒ったかの」

「気になさらずに。御用人は、虎丸様が来てくだされたことを、たいそう喜んでおられますから」

「身代わりなのに？」

「若殿が身罷られた時は、御家老と御用人と三人で悲しみにくれましたが、朝になると、御遺言にどう従うか、そればかりを考えておりました。虎丸様が引き受けてくださるとも分からぬまま、密かに御遺骸を安国堂へお移ししたのですが、身代わりを立てて御家を守ることが、はたしてよいのかどうか、迷いもしたのです。されど、こうして、若殿と生き写しのあなた様が御屋敷におられるお姿を見て、我ら三名は、生きる力をいただいたのです」

虎丸は、眉をひそめた。

「まさか、わしが断った時は……」

「御家老と御用人、そしてわたしの三名は、安国堂で腹を切ると決めておりました」

伝八は、嘘を言っていない。

そう感じた虎丸は、身が引き締まる思いと、これでよかったのだと、改めてやる気になった。

月代を整え終えた伝八の目に、涙が滲んでいる。

「似ていないか」

伝八は泣き笑いしながら、鏡を見せてくれた。

そこには、別人がいる。

「これが、わしか」

「まさに、定光様にございます」

「そうか。ほいじゃあ……。いや、では、今日から定光殿になれるよう、励む」

「はい。お二人も喜ばれましょう」

伝八は頭を下げ、道具を持って廊下に出た。

そこへ五郎兵衛が戻って来た。血相を変えているので、伝八が訊く。

「御用人、いかがされました」

「まずいことになった」

「何があったのです」

「とにかく入れ」

伝八を引き入れた五郎兵衛が、月代を整えて座っている虎丸を見て、二度見して目を見張る。

「若殿！」

思わず、といった具合に正座して両手をついた後、五郎兵衛は我に返ったようだ。虎丸だと気付き、苦笑いをした。

「よう似ておられる。まさに、若殿でござるぞ」

そう言う五郎兵衛に、伝八が訊く。

「御用人、まずいこととは何です」

「おお、そうじゃった。奥方様が、本日若殿の見舞いをしたいとおっしゃっていると、奥の者が言うてきたそうじゃ」

それがどれほど危ないことか、言われるまでもなく虎丸は分かっている。日に焼けた顔では、すぐにばれてしまう。偽者と気付かれれば、必然と若年寄の父親に伝わるだろう。

逃げようか。

そう思っているところに竹内が来て、虎丸を見るなり、五郎兵衛と同じように驚いたようだが、これならいける、と、笑みを浮かべ、皆を集めて策を伝えた。

三

布団に寝ている虎丸に、五郎兵衛が膝を進めてきた。

「よろしいな。御家老がおっしゃったとおりに、頼みますぞ」

虎丸は、苦しそうな顔をして呻いた。

「これで、ええか」

「よろしいでしょう。障子を開けても、決して、外を向いてはいけませぬぞ」

「おお、分かった」

「では、しばしお待ちを」

五郎兵衛は立ち上がり、障子のそばに座り直した。

布団で仰向けになっている虎丸は、目をつむり、まんじりともせずに待った。

外から、初めて聞く男の声がした。

「奥方様が参られました」

「障子を開けます」

五郎兵衛に言われて、虎丸は、一つ息を吐く。

「どうぞ」

応じた五郎兵衛が、障子を開けた。

風が流れてきたのは、松の植木がある中庭のほうからだ。

虎丸は苦しそうな息遣いをしつつ、薄目を開け、目の端に意識を傾ける。すると、中庭の向こう側にある廊下に、人影が見えた。立ち止まっているのは三人だ。一人は、案内役の竹内。あとの二人は奥御殿から来た者で、打掛の鮮やかな青が目に入る。もう一人のほうは、地味な色合いだ。

おそらく青い打掛のほうが、月姫だろう。

虎丸は顔を見られぬように、苦しむ芝居をしながら、内廊下のほうへ向いた。

廊下から声がした。

「ひどくお苦しそうですが、何ゆえ医者がついておらぬのです」

厳しい声は、月姫なのだろうか。

竹内が、薬を飲まれたので、じき落ち着かれましょう、と説明している。

すると、また厳しい声がした。

「色白だと聞いていましたが、お顔があのように赤黒いのは、何ゆえです」

竹内はあらかじめ考えていたのだろう、即座に答えた。

「きつい薬のせいで、あのようになられています。されどご心配なく。病が治れば、お顔の色も元に戻られます」

虎丸は、やはり竹内家老は頭がええ、と感心した。

だが、また厳しく問いただす声がする。

「このように離れたところからでは、見舞いになりませぬ。おそばに行かせてください」

「いや、それは困ります」

「何ゆえですか」

厳しい人だ。

虎丸は、誰がしゃべっているのか気になり、内廊下側に控えている者を気付かれないよう手招きした。応じた男は、空き屋敷に伝八といた侍だ。まだ名を聞いていないが、侍は、呼ぶ虎丸に困惑しつつ近づき、訊く顔をした。

虎丸が小声で訊く。

「先ほどからしゃべっとるんは、青いほうか」

侍は、会話をしているのを見られぬために、唇を動かさずに小声を発した。

「さようでございます」

やはり奥方か。

さすがは若年寄の娘だ。貫禄すら感じる。

「恐ろしいのう」

虎丸は顔をゆがめて両手で胸をつかみ、苦しみの声をあげた。

もがく姿を見れば、姫が実家に帰ると言い出すかもしれないと思ったのだ。

「く、苦しい」

今にも死にそうな声をあげたので、五郎兵衛が驚いた顔を向け、障子を閉めた。

外では、大丈夫なのかという声が飛び交い、こちらに来る勢いだったが、竹内が何か言うと、大声がしなくなった。

程なく静かになったので、五郎兵衛がそっと障子を開けて様子をうかがい、一つため息を吐く。

「奥へ戻られましたぞ」

虎丸は起き上がった。

「どうじゃ。これで、向こうから離縁する言うかのう」

　五郎兵衛がまた驚く。

「それであのような芝居を？」

「ほうよ」

　得意顔で笑みを浮かべていると、竹内が入ってきた。こういう時も、冷静沈着を絵に描いたような顔をしている。

　そんな竹内に、五郎兵衛が訊く。

「奥方様はなんと」

「案じるあまり、泣いておられた」

「泣いとった？　あの奥方様が？」

　驚いて訊いた虎丸に、竹内がうなずく。

「悪ふざけが過ぎますぞ。今の様子が若年寄様のお耳に入れば、直に見舞うとおっしゃるかもしれませぬ」

「若年寄が、ここに来られる言うんですか」

　焦る虎丸に、竹内が真顔で言う。

「感染病だとお二人には申しましたので、そのことも伝われば見舞いはないとは思いますが、次からは、大人しく寝ていていてください」

「よけいなことをしました。ごめんなさい」

「そもそも、何ゆえ下手な芝居をされたのです」

「姫は今日、初めて見舞われたけぇ、苦しむ姿を見ちゃったら、動揺して里へ帰る言うかもしれんと思うたんよ」

「それは昨日申したはず。姫は、病の殿を見捨てて帰るような人ではございませぬ。現に先ほども、心配しておられたのですから」

「泣くほど情に厚い人だとは思わんかった。わしが、悪かった」

猛省して小さくなる虎丸に、竹内たちは、それ以上何も言わなかった。


その頃、奥御殿では、青地の打掛を着けた高島が、消沈している月姫を心配していた。

「姫様、やはりその暗い色のお召し物はいけませぬ。見舞いが終わりましたので、いつもの物にお替えください」

高島は、ねずみ色の地味な打掛を脱がせ、雅な柄の物を着させた。

花柄が似合う十五歳の月姫に、高島が満足そうに顎を引く。

「やはりお美しい姫様には、こちらがようございます」

月姫はうかぬ顔だ。

「殿は、落ち着かれたでしょうか」

優しい月姫に、高島が厳しい顔をする。

「竹内殿は、じきによくなると申しておられましたが、顔の色がどす黒くなられているのを見る限り、そうとうお悪いのは確かかと」

「…………」

「されど姫様、定光様は幼少の頃からお変わりないのですから、悪くはならないでしょう。こうして、初めて見舞いが許されたのが、何よりの証(あかし)」

「それは、高島がどうしてもと、迫ったからではないですか」

「よからぬ噂があると、筑前守様から文が届きましたものですから、確かめずにはいられなかったのです」

「父上から？　よからぬ噂とは、何です？」

高島は声をひそめた。

「殿は、もはやこの世におられぬのではないか、と」

「何！」

目を見張る月姫に、高島が微笑む。

「御存命でしたので、そのことはよいのです」

「しかし、うつる病だと竹内殿が……」

「風邪のようなものだと申されましたので、大丈夫、きっと良くなられます」

「何か、わたくしにできることはないでしょうか」

「殿のことは表の方々に任せて、姫様は、筑前守様に文を書かれませ」

「輿入れしてずっと奥御殿に閉じこもっているのですから、書くことが尽きました」

「今日のことを書くのです。筑前守様は、殿のご様子を知りたがっておられましたから、喜ばれます」

「何ゆえ父上は、殿のお加減が優れぬのを知って喜ばれるのですか」

「そういう意味ではございませぬ。殿のご容体はともかく、姫様が見舞われたことを喜ばれましょう。何せ、初めてお顔を見られたのですから」

「あれを、見たと言えましょうか。わたくしは、どのようなお顔か分かりませんでした。高島は、見たのですか」

「それは……」

二人とも、離れていたので虎丸の顔をはっきり見ていないようだ。

寂しそうな顔をする月姫を心配した高島は、思いついたことを口にした。

「そうだ、姫様。一つだけ、殿のためにできることがございます」

月姫は、身を乗り出した。

「何です」

「五条天神社にお参りしましょう」

「神社に？」

「そうです。薬祖神として、病気平癒の霊験あらたかな五条天神様に、殿の病が消えるようお願いしましょう」

月姫は、ぱっと明るい顔をした。

「それはよい考えです。いつ行けますか」

「竹内殿の許しがいりますが、この高島にお任せあれ。必ず、近いうちに参られるようにします」

「高島、頼みます」

「はい」

高島は侍女を呼び、表御殿に伝えるよう命じた。

# 四

数日後――

「せにゃいけんのじゃ、ではなく、せねばならぬのだ、ですぞ」

五郎兵衛に言われて、虎丸は言いなおす。

「せねばならぬ」

「そう、その調子ですぞ。次は……」

両足を投げ出す虎丸の態度に、五郎兵衛が眉をひそめる。

「お疲れですか」

虎丸は、いらいらを抑えられなかった。

「いつまで、このようなことをせねばならぬのだ」

「まだたったの五日ではござらぬか。辛抱が足りませぬぞ」

「日焼けは、すぐには治らんのじゃけぇ――」

「じゃけぇ？」

「治らぬのだから、この先もここに囲われると思うと、頭がおかしくなりそうじゃ。

なりそうだ」

無理に言葉を直そうとする虎丸は、顔がつりそうになって頬を揉んだ。

瀬戸内の海が恋しい。潮風が恋しい。みんなは今頃、何をしとるだろうか。

虎丸は、逃げ出したい気持ちをぐっと抑え、五郎兵衛が持って来ていた今川状を取って目を通した。

読み進めて、幼い頃に読んでいたことを思い出した。名家今川家の家訓を記した手習い本は、武家のみならず、寺子屋に通う庶民の子も読んでいる。

「五郎兵衛、何ゆえ、この手習い書を読ませる」

「それがしは、今でも読んでおりますぞ。なかなかに、奥が深うござる。若殿もあるじとなられるのですから、熟読して、手本になされませ」

「若殿と呼ばれるのは、落ち着かんのう」

「そろそろ慣れていただかなくては困ります。誰の耳に入るか分かりませぬからな」

虎丸は聞き流して、今川状に目を通した。

他にも、儒学の書などをすすめられたので、あくびを嚙み殺していると、にわかに外が騒がしくなった。

廊下を走って来たのは、伝八だ。

焦った顔の伝八は頭を下げ、虎丸に言う。

「急ぎ横におなりください」

五郎兵衛が眉を寄せた。

「何を慌てておる」

「月姫様が、奥御殿に見当たらぬとの報せが来たのです。こちらにまいられるかもしれぬので気を付けよと、御家老のお達しです」

「いかん。若殿」

「分かった」

虎丸は書物を放り投げて布団に滑り込み、目をつむる。しばらくしても月姫が来る気配がないので馬鹿らしくなり、外を見ている伝八に顔を向けた。

「月姫は、わしの見舞いなんかじゃのうて、実家に帰ったんじゃないか」

「今、御家老が探索の手の者を出されておられます」

「ほいじゃあ、ここには来んじゃろう」

「いえ、屋敷を出られたのであれば、こちらにまいられるかもしれませぬ」

「そりゃどういうことなん？」

「先日お見舞いをされた後、若殿のために病気平癒の祈願をしに神社へ行きたいと、奥御殿から願いが出されたのですが、御家老が許されなかったのです」

「それで、抜け出したと」

「お付きの者と共にお姿が見えませぬので、そうではないかと、御家老がおおせです」

虎丸は、月姫という人を想像した。青い着物を着た人の、厳しそうな声が脳裏によみがえる。

付き人を従えて町を歩く姿を想像して、

「勝手に屋敷を出るとは、羨ましいのう」

と、思わず出た言葉に、五郎兵衛と伝八が注目する。

五郎兵衛が疑いの目をして言う。

「真似をしてはなりませぬぞ。奥方様とは違うのですから、それこそ、命取りです」

「言うただけじゃ」

口では否定したが、羨ましい。

どうやって、抜け出たのだろうか。

この部屋しか知らぬ虎丸は、考えたところでどうにもならぬと思い、病人のふりをするために目を閉じた。

いつの間にか眠っていたらしく、起こす声に目を開けると、部屋は薄暗くなっていた。

起こしたのは竹内だった。部屋には他に誰もいなかったので、虎丸は起き上がって訊いた。

「月姫様は、まだ見つからんのですか」

「いえ、すでにお戻りでございます」

「ははあ、帰られた。離縁する気で御実家に戻られたほうが、良かったのにの」

「それは、奥方様に失礼ですぞ」

竹内は、懐紙に包んだ物を差し出した。

「これは？」

「病気平癒の、お守りだそうです。先日見舞われた時、若殿のあまりに苦しそうな様子にご心配され、祈願に参りたいと申し出られた時は、心苦しゅうてご遠慮いただいたのですが、こうして、屋敷を抜け出してまで……」

虎丸は、大仰な芝居をしたことを後悔した。

「そりゃあ、悪いことをした」

お守りを手にした虎丸は、押し頂いた。

「ありがたく頂戴して、無事身代わりを成し遂げるためのお守りにする」

病気平癒と書かれているが、気持ちが大事だ。

神妙な虎丸に、竹内が薄い笑みを浮かべた。

「喜んでおられたと、奥方様に伝えておきます」

「頼みます」

虎丸は頭を下げ、積まれた学問書に手を伸ばした。

それからは、何事もなく十日が過ぎた。

相変わらず、出される食事は粥だ。台所方には、虎丸が若殿として振る舞えるようにならなければ病が良くなっているとは言えぬというのが、竹内の方針だと思っていたが、実はそうではない。

これは、昨日聞いてしまったことだが、竹内が粥にこだわるのは、虎丸をもっと痩せさせることで、病気で痩せていた定光に、より近づけようとしていたからだ。

寝所に囲われている虎丸は、従うしかない。

来た時よりは、少しだけ顔の日焼けが薄れてきた。

と、思ったのだが、それは虎丸の願いがそう思わせただけで、

「まだまだにございます」

竹内は取り付く島もない。

病が治ったことになれば、登城をすることになる。身代わりとばれればおしまいだ。ひょっとして竹内は、このまま部屋に囲い、病のあるじを持つ旗本として生き延びようとしているのではないか。そのうちどこからか養嗣子を迎えれば、葉月家は存続できる。

そうに違いない。

虎丸は、この先も続くのではないかと不安になり、思い切って、竹内に訊いた。

すると竹内は、そら冷たい顔で言う。

「そのようなこと、考えもしませんでした」

とぼけているように、虎丸には見えた。寝所に囲われるよりはよほどましだと思い、妙案と思わないか、とすすめると、竹内は険しい顔をして言う。

「それでは、若殿の遺言に背くことになるので、できませぬ」

忠心なのか、それとも他に思惑があるのか、虎丸には計り知れなかった。

その日からは、芸州弁を改める指導が厳しさを増し、旗本としての素養をたたき込まれた。

さらに日が過ぎ、寝所に囲われて二月が過ぎた。

この日まで虎丸が見た外の景色は、松がある中庭だけだ。しかも、人目を盗んで障子の隙間から見るだけで、見たとしても、なんら楽しいことはないのだが、それでも、気分が楽になった。

縁側に座ることすら許されない虎丸のこころは、御家のため、家来とその一族五百五十八人の暮らしのためだと己に言い聞かせ、ぎりぎりに近いところで保たれている。

季節がうつろい、障子を開けなければ蒸し暑くなった頃になっても、虎丸は、外に出ることを許されなかった。伝八から、日焼けは秋にならなければ、元に戻りそうにないと言われて、虎丸の堪忍袋が音を立てて破裂した。

このままでは、ほんとうの病気になる。

身体は部屋の中で鍛えていたが、なにせ粥だ。亡き定光により近づけるためとはいえ、ほっそりとした腕や足を見て、哀しくなった。月代を整える時に鏡の中に見える顔は、頰がこけ、目が大きくなっている。定光の顔を見たことはないが、亡くなる前はこういう顔だったのかと、想像できた。

月姫から物が届いたのは、悶々(もんもん)とした気持ちが続いていた、ある日のことだ。

五郎兵衛から渡されたのは、前と同じ五條天神社の名が記されているが、今度は病気平癒の御札だった。

「また、抜け出されたのか」

札を見ながら訊くと、五郎兵衛が、あきらめ気味に言う。

「みだりに出歩かれるのはよろしゅうないことですが、若殿の御ためと言われては、御家老も許さぬわけにはいかぬのでしょう」

「では、堂々と」

「はい。姫駕籠を使われ、供の者を従えて参られたそうです。奥御殿も日頃は静かですから、気晴らしになりましょう」

「気晴らしか……」

近頃すっかり大人しくなっている虎丸に、五郎兵衛は心配そうな顔をしている。

五郎兵衛の顔を見ない虎丸は、そのことに気付かなかった。

すでに三度も読み返した分厚い儒学の書物に目を落としている虎丸は、手持ち無沙汰にぱらぱらとめくり、瀬戸内の海を懐かしんでため息を吐く。

天井を仰ぎ見れば、ここにも芸州弁を否定する言葉が書かれた紙が貼られている。

身代わりというのは、十八年生きた己をすべて否定されることなのだ。ふとそう思い、下を向いて、またため息を吐く。

膝を転じて障子を開けた五郎兵衛が、内廊下に向いてごそごそしている。

新しい書物を出すのだろうと思うと、癇に障った。

「五郎兵衛、書物はまだあるぞ」

返事がない。手元は見えないが、何かを丁寧に扱っている。

「五郎兵衛、何しょんや？」

うっかり芸州弁が出たが、改めたところでどうなるわけでもないので、言い直す気にもなれない。

五郎兵衛は手を止め、膝を転じた。

「若殿、日も暮れてきましたし、少しだけ、町へ出てみますか」

「できもせんことを言うな。気が滅入る」

「できますぞ。御家老もお許しくださっています」

虎丸の手から、書物が落ちた。

「ほんまか！」

「まこと、です」

笑みを浮かべる五郎兵衛に、虎丸は立ち上がり、芸州弁に気を付ける。

「ばれたらおしまいだぞ。よいのか」

「そうさせぬために、それがしが同道するのです」

「あの家老が、よう許したものよ」

「二月も部屋に囲われたままでは、こころが病んでしまわれる、と、案じられてのことです」

「大丈夫だろうか」

「不安ならば、やめますか。御家老のはからいで、温かい料理を食べていただくつもりでしたが」

「行く。行きます！」

虎丸の喜びように、五郎兵衛は笑みを浮かべた。

「では、これにお着替えを」

差し出されたのは、無紋の藍染と、ねずみ色の袴だ。顔を隠すための、藍染の頭巾もある。

虎丸は、二カ月ぶりに外着を身に着けるため、寝間着を脱いだ。

着替えをすませ、頭巾をつけていざ行こう、という時に、内廊下で五郎兵衛を呼ぶ声がした。

少々お待ちを、と言って障子を閉めた五郎兵衛が、程なくして戻ってきた。申しわけなさそうな顔をしているので虎丸はいやな予感がした。

「なしたん？　ではなくて、いかがした」

「それがその、折悪しく当家出入りの商人が訪ねてまいりましたので、外出中の御家老に代わって相手をしなくてはならなくなりました」

「外出できないのか」

「あの者は話が長うございますので、遅くなるやもしれませぬ。申しわけございません。明日、いや、明後日にいたしましょう。では、急ぎますのでごめん」

有無を言わさず、障子を閉められた。

我慢の限界だったこころが、外出できることの喜びで満ちていただけに、気持ちがどうにも静まらなかった。

こうなったら、こっそり抜け出してやる。

見知らぬ所だが、町を少し歩いて帰るだけならばれないだろう。

軽く考えた虎丸は、内廊下に出た。

誰もいないことを願いつつ、薄暗い内廊下を歩む。表も奥も分からない虎丸が出たのは、裏庭と思しき場所だ。この屋敷にはほんとうに家来たちがいるのだろうかと思うほど、人気がない。

蔵が三つ並び、厩もある。静かだ。

広いので、屋敷内だけでも気が晴れそうだが、家来に見られては騒ぎになる。

江戸の町を見たいと思っていた虎丸は、外へ出るためにはどうしたらいいか考え、とりあえず、裏の木戸門を探した。

日が暮れているので、庭を横切っても大丈夫だった。蔵の壁に取りついた虎丸は、漆喰の塀まで行き、手探りで歩きはじめる。

ほどなく、御殿の裏手に明かりが見えた。台所方が、奥向きの飯を作っているのだろう。

出汁の香りに腹の虫が鳴るのを押さえ、移動した。すると、玉砂利が敷かれ、広々とした場所の先に、潜り戸を見つけた。

あそこが出口だ。

迷わず走った虎丸は、潜り戸に手をかけようとしたが、夜の町へ出て、迷いはすまいかという思いが浮かび、手を引いた。

やはり、五郎兵衛と出たほうがいい。

外の空気を吸って気分が落ち着いていた虎丸は、裏庭を走り、こっそり寝所に入った。

障子を閉めて程なく、五郎兵衛が来た。間一髪だ。

顔をのぞかせた五郎兵衛は、虎丸が頭巾をつけていたので驚いた。

「もしや、待っておられたのですか」

「ほうよ。待っとった。商人は、もうええんか？」

慌てているので、つい芸州弁が出る。

五郎兵衛は苦笑いをした。

「若殿の様子うかがいでした。滋養の薬草をくれましたので、明日は薬膳粥が出ますぞ」

「またか。あれは苦いし、臭いけ食いとうない」

「まあそう言わずに。身体によいのですから」

「わしは、どこも悪うない。もう粥にもうんざりじゃ」

「これまでよう耐えられました。これから行くところでは、好きな物をお食べください」

「ええんか」

「はい。また明日から、しばらくお粥になりますので」

「それは聞きとうなかった」

「これはご無礼を。それから、これを」

差し出されたのは、一振りの大刀だ。

「預けた小太刀は、返してくれんのか」

「鞘に納めてございます」

言われて、虎丸は抜いてみた。大刀の鞘に、小太刀が納めてあった。柄は新しいが、にぎった感じは前よりよくなっている。

「こりゃええ。鞘も上等じゃ」

「もう一振りの小太刀と腰に帯びれば、立派な侍です」

「ありがたく、ちょうだいします」

押しいただいた虎丸は、帯に差した。

「さ、急ぎましょう」

五郎兵衛が外へ促し、先に出た。

従って廊下に出た虎丸は、表ではなく、虎丸が先ほどこっそり出たのとまったく同じ道順で、裏庭に連れて行かれた。

偶然に驚いた虎丸が、前を歩く五郎兵衛に訊く。

「もしかして、さっき見よった？」

「は？　何をです？」

「いや、なんでもない。それより、こっそり抜け出すのか」

「まだ病なのですから、当然です」

それもそうかと思い、気になっていたことを訊く。

「この屋敷は静かだな。本当に、家来たちはいるのか」

「おりますとも。ここはほんの一部に過ぎませぬぞ。何せ、二千坪もございますからな」

「二千……」

畳にして四千畳もの広さだ。

「村上家の敷地が三つ入るな。静かなはずだ。家来たちは、どこにいるのだ」

「今の時分は、それぞれの長屋に帰っております。長屋は、表門から裏門に続く塀を兼ねた建物にございます」

五郎兵衛は蔵を示した。

「あれに見えるのが、塩と米蔵。すぐそこの建物が厩ですが、今は馬がおりませぬ。若殿が御病気でございましたので。ちなみに、馬術は得意ですか」

「まあ、それなりに」

「これから先、馬を買い、馬場に行くことがございますが、初めて乗るふりをしていただきます。まあ、まだ日にちがございますので、その時にまた詳しく申し上げます」

「それもそうか。馬がおらぬとは知らなかった。どうりで厩が静かなはずだ。この先にある潜り戸が裏手か」

五郎兵衛は驚いた。

「潜り戸があることを、何ゆえご存じか。まさか、夜中に抜け出して来られましたのか」

虎丸は焦った。

「いや、来ちゃおらんよ。なんとなく、そうじゃないか思うて訊いただけよね」

「いい具合に言葉を発しておられましたのに、ここで芸州弁が出るところが、いかにも怪しいですな」

虎丸は苦笑いをしたが、頭巾で表情は見えない。

「嘘ではない。村上の家と似たところがあるゆえ、申しただけだ」

旗本言葉に戻る虎丸を、五郎兵衛は疑っている様子だが、

「なるほど。そういうことですか」

と言い、それ以上は追及しなかった。そして教える。

「この先にあるのは、家来たちが出入りに使う脇戸です。番人はおりませぬが、夜の四つ（午後十時頃）には戸締りがされ、出入りできなくなります。ついでに申しますと、江戸の町もいたるところに木戸があり、夜の四つには閉まります。こうして、江戸の治安を良くしているのですぞ」

「今から、町へ連れて行ってくれるのであろう？」

「はい」

「どのような町なのか、早う見てみたい」

「若殿、いや、虎丸殿、外では芸州弁をお使いください」

「何ゆえに？」

「若殿は病で臥せておられることになっているのですから、一歩外へ出れば、別人でお願いします。ただし、村上の姓は伏せてください。念のためです」

それもそうだ。

「分かった。気を付ける」

五郎兵衛は潜り戸を出ると、表門の前を通る道を進んだ。商人が帰ったからか、表門に門番の姿はない。

堂々と表門の前を歩く五郎兵衛に続いた虎丸は、初めて見る町が楽しい場所であることを期待し、わくわくしながら歩いた。

「何を食びょうかの」

「たびょう……」

五郎兵衛は小声で復唱し、楽しげな顔をした。

五

武家地の夜道は、江戸でも暗い。

五郎兵衛は、すぐ近くだと言って、提灯も持たずに歩んでいく。

葉月家は二千坪もあるだけに、漆喰の長い塀が続いている。長屋からは明かりが漏れているが、声は聞こえない。

向かいの武家屋敷の長屋からは、開けられた窓から男たちの笑い声がしていたので、それにくらべて、葉月家は静かだ。

そのことを五郎兵衛に言うと、若殿が病ゆえ、家来たちは酒を飲んでも騒がぬようにしているのだと教えてくれた。

息が詰まる思いであろう、と、虎丸は皆を心配した。

「身代わりとして、病気平癒の届けを出された日にゃあ、みんなと騒ぎたいのう」

「声が大きゅうござる」

壁に耳ありと言われて、虎丸は口を閉ざした。

すぐ近くだと言ったとおり、武家屋敷を二軒ほど進んだ先の突き当りを左に曲がると、明るくてにぎやかな場所が見えた。

五郎兵衛が言う。

「ここは寺の横の空地、暗いところは何もないところです。にぎやかなのは、寺から空地を借りて、屋台を出して商売をしている者がいるからですよ」

「夜も商売をしょうるん？」

「まだ宵の口ですからな。広島も、にぎやかな場所はございましたでしょう」

「あるにはあったけど、ここまでにぎやかじゃないけ。ここはまるで、祭りみたいなのう」

近づくと、ほんとうに祭りのように、人が大勢いた。

「これからそこに行くんか？」

「まさか。旗本たる者が、みだりに町人と肩を並べて買い食いをしてはなりませぬ」

「ほいでも、江戸に来る前は色々食べたがね」

「旅の空は別。江戸の町ではしてはなりませぬ。これから行く料理屋も、特別に許されたものと思うてくだされ。病気の届けを下げた暁には、ないことですからな」

「堅苦しいのう」

「それが、将軍家直参旗本にござる」

最初で最後かもしれない料理屋を楽しめと言われた気がした虎丸は、腹いっぱい食べて、江戸の料理屋とはどのようなところなのか、覚えておこうと決めた。

案内されたのは、名も知らない町の、堀川のほとりにある泉屋という料理屋で、他の客と顔を合わせることなく、離れに通された。

落ち着いた雰囲気の店にふさわしい大人の女中が、丁寧な接客をする。

程なく出された料理は、鯛尽くしだった。

虎丸はまず、鯛の刺身から食べた。

「旨い」

鯛は広島でいつも食べていたが、毎日粥だったせいで、格別の味だ。

焼き物、煮物、どれも申し分なく、箸が止まらない。

五郎兵衛はほとんど箸をつけず、酒をゆっくり飲みながら、虎丸が空にした皿と、自分のを取り換えた。

「ええんか」

「存分に、食べられませ」

「では、遠慮なく」

鯛の煮つけは、ご飯を何杯も食べられる気がした。

鼻をすする音がしたので眼差しを向けると、五郎兵衛が袖(そで)で目じりを拭(ぬぐ)っていた。

「どうしたん」

「いや……」

「またわしとあのお方を、重ねとったんじゃろ」

「お元気ならば、こうであらせられたのかとつい。申しわけござらぬ」

「ええよ。もう慣れたけ」

虎丸は、気にせず食事を続けた。

明日からはまた、冷めたお粥ばかりの暮らしになる。竹内は、粥で痩せさせ、より定光に近づけようという狙いもあるのだろうが、いつまで続くのかと思うと辛い。

久しぶりに温かい食事をした虎丸は、食べ物がこんなに旨かったのかと、空になった器をまじまじと見つめた。亡くなった定光は、一度でも、温かい食事を口にしたことがあるのだろうか。

　酒もすすめられたが、飲まなかった。酒臭い病人などいないのだし、なんだか、定光に悪い気がした。

「戻ろう」

「もう、よろしいのですか」

「十分過ぎるほどいただいた。家来たちが一日も早く明るく酒を飲まれるよう、明日から励む」

「そのお言葉、嬉しゅうございます」

　杯を置いた五郎兵衛は、居住まいを正して頭を下げた。

　店を出た二人は、来た道を引き返した。

　人が減った町中を歩いていた時、白い猫が物陰から出て来て前を横切り、路地へと入っていった。

　顔を向けて見ていた五郎兵衛が、思い出したように言う。

「広島の町では、生類憐(あわれ)みの令がさほど浸透しておらぬように見えましたな」

「いや、皆気を付けとるよ。おやじ殿は、好きな釣りが前ほどできんゆうて嘆きょっちゃったし、牡蠣船の連中も、生きた牡蠣を売られんけぇ、その場で焼いたり、鍋にして商売をしよった。赤穂の事件の後、広島の町には公儀の隠密がおるいう噂があったけ、皆、気を付けとったよ。でもまあ、将軍家お膝元の江戸ほどじゃないんじゃろうけど」

「さよう。広島は、まだ甘うござる。江戸では気を付けてくだされ。特にお犬様には」

犬を傷つけて流罪になった者が大勢いると聞いて、虎丸は顔をしかめた。

「犬か。わしは猫のほうが好きじゃけえ、噛み癖がある野良犬と出会わんことを祈る」

「江戸の町では、野良犬はほとんどおりませぬのでご安心を。厄介なのは、飼い犬です。飼い主が甘やかしますので、たまに質の悪いのがおります。繋ぐこともしませんからな」

「危ないの」

「出会わぬよう、人が多い道を帰りましょう」

大きな堀端の道に出た時、突然五郎兵衛が立ち止まったので、虎丸は背中にぶつかりそうになった。

「たまげたのう。急に止まってどうしたん?」

「お下がりください。犬がおります」

後ずさる五郎兵衛の肩越しに、犬が見えた。

町の若い男が、堀端に追い詰められている。

犬は、若者に呻り声をあげている。

「いけん。嚙まれるで」

言った端から、犬が吠えはじめた。

「誰か、誰か助けて」

若者は顔を引きつらせて叫んだが、町の者たちは関わりたくないのか、遠巻きにしているだけだ。中には、役人の姿もあるが、助けようとしない。

「騒ぎに巻き込まれますので、別の道を帰りま――」

五郎兵衛が言い終える前に、虎丸の足は動いていた。

道に出た虎丸は、若者に吠える犬に向かって行く。

「こりゃ、落ち着け。吠えるな」

赤毛の犬は虎丸を見るなり、牙をむき出しにした。嚙み癖のある犬に違いない。

咄嗟にそう思った虎丸は、若者に動くなと言い、犬の気を引くために下がった。

犬が虎丸に吠え、追ってくる気配を見せた。

「五郎兵衛、こっち来るで」

虎丸はきびすを返し、五郎兵衛の腕をつかんで逃げた。犬は火が点いたように吠えはじめ、後を追ってくる。

「虎丸殿、どうしてこんなことをするのです」

「あのままじゃ若者が嚙まれる思うたけぇよ」

「あなた様が嚙まれたら大ごとです。お逃げください」

「ええけ、走れ！」

虎丸は五郎兵衛の手を離さず、人混みに駆け込んだ。

人とぶつかりそうになり、咄嗟に五郎兵衛の手を離した虎丸は、立ち止まってうしろを振り向いた。

すると、犬は逃げまどう町の者や五郎兵衛には目もくれず、自分に向かって来るではないか。

「頭巾か」

怪しい者だと思ったらしく、犬は虎丸の足下に迫ると、牙をむき出して吠えた。

町人たちは、お犬様だ、お犬様だ、と口々に叫び、逃げまどって離れていく。

まずい。

そう思った虎丸は、犬に向かって大声をあげた。

犬が一瞬ひるんだので、五郎兵衛今じゃ、と叫び、ふたたび走って逃げた。

しかし、犬は追ってくる。

どうにかしなければ。

小さな堀に突き当たった道を左に曲がり、町中を走った。

振り向けば、犬は吠えながら付いて来る。だが、追いついて嚙もうという気はなさそうに思えた。

人が弱いのを知っているらしく、気がすむまで追い回すつもりなのだ。

こんなところを役人に見られたら、盗っ人に間違えられるかもしれない。

虎丸は頭巾を取り、立ち止まって振り向いた。

「わしは怪しい者じゃないけえ。あっち行け」

立ち止まった犬は、前足を低くして吠える。

近くの番屋から役人が出てきたので、虎丸は走って逃げた。ところが、犬は酔客が持っていた手荷物に興味を移し、歩み寄って行く。

町の男は恐れるでもなく、腹が減ってらっしゃるので、と言い、手荷物から饅頭(まんじゅう)らしき物を与えるのを見て、これまで逃げていた自分が馬鹿らしくなった。

「なんじゃい、腹をすかしとっただけか。逃げて損した」

言った虎丸は、五郎兵衛がいないことにようやく気付いた。周りを見ても、町人たちばかりで、五郎兵衛の姿がない。

逃げるのに夢中で、どこをどう走ったか覚えていない。

確かこっちだと見当をつけて堀沿いを歩いて行くと、武家屋敷が並ぶようになり、やがて、道が途切れた。目の前には、暗闇が広がっている。川なのか海なのか分からないが、岸辺に出ていた。

虎丸は、ごくりと喉を鳴らした。

「ここは、どこや？」

あたりを見回していた時、御用、と書かれた提灯が道の先に見えた。

怪しい奴は、確かにこっちに来たのか、という声がして、向かってくる。

虎丸はまずいと思った。名はごまかせても、在所を言えなければ怪しまれる。広島藩士だとも言えない。

どうするか迷っているうちに、誰かいます、という声がした。

虎丸は逃げた。

暗い道を走ったが、行き止まりだった。石段の下は、船着き場だ。

振り向けば、提灯を持った役人が来ていたので、石段を下り、繋いである舟に乗った。舟から舟に移り、五艘目の舟に飛び乗った時、勢いで舟が動いた。提灯が岸に近づいたので、虎丸は舟に身を伏せた。

「いたか」

「いません」

「よく捜せ」

提灯の明かりが、石段の上で左右に動いている。船着き場に下りる者もいたが、舟に乗ってまでは調べなかった。

「どうだ」

「いないようです」

「武家屋敷に入ったのかもしれぬ。行くぞ」

声に応じた者たちが石段を上がり、岸辺から去った。

虎丸は船べりから顔を上げ、目を見張った。

身を伏せていたあいだに、舟の縄が解けて離れていたのだ。

このまま舟を拝借して、対岸に行こうと思った虎丸は、手探りで櫓を探した。だが、竹棹すらもなかった。

捨てられていた舟だったのだ。

「わしゃあ、どうすりゃええん」

焦ったが、為すすべはない。虎丸を乗せた舟は堀川をくだり、暗くて大きな川へ流されていった。

# 第三話　江戸の川賊

## 一

虎丸の行方が分からぬまま、夜が明けてしまった。

一晩中捜しまわり、足を引きずりながら屋敷へ帰った五郎兵衛は、若き家老・竹内与左衛門に報(しら)せるべく、表御殿の家老部屋に行った。

そこには勘定方の者たちが集まり、竹内からの指図を受けていた。

五郎兵衛に気付いた竹内は話をやめ、勘定方の者たちが廊下を振り向く。

竹内は、廊下に正座する五郎兵衛を見据え、珍しく、額に青筋を浮かせている。

竹内は普段、失敗した者を人前で叱ることをしない。だが、今日は違っていた。

「用人が無断で外泊とは、何事か」

虎丸がいなくなったことを言えるはずもなく、五郎兵衛は両手をつく。

「申しわけございませぬ。これにはわけがございます」

竹内は勘定方を一瞥し、五郎兵衛に言う。

「言いわけは、若殿の前でいたせ。五郎兵衛はまだかと、朝から心配しておられるゆえな。皆の者、ご苦労だった」

「はは」

揃って頭を下げる勘定方の前で立ち上がった竹内は、五郎兵衛を顎で促し、部屋から出た。

五郎兵衛は、緊張が解けた顔で両手をついた。

「戻っておられたか。よかった」

部屋から出ていく勘定方のざわつきの中で独りごち、安堵の息を吐く。

「五郎兵衛、早う」

「はは」

五郎兵衛は竹内に従い、虎丸の寝所に向かった。

寝所の前では、伝八をはじめとする数名の者が見張り、誰も近づけぬようにしていた。

皆、虎丸を空き屋敷まで迎えに行った者たちだ。

内廊下にいた伝八が竹内に頭を下げ、障子を開けた。

中に入る竹内に続いた五郎兵衛は、布団が空なのを見て息を呑む。

「まだ、お戻りではないのですか。先ほどは、若殿の前で言いわけをしろとおっしゃいましたのに」

振り向いた竹内は、ふたたび額に青筋を浮かべた。

「皆の前で言えるはずもなかろう」

「ごもっとも」

「これはどういうことだ。そなたがどうしてもと望むゆえ、昨夜は許したのだぞ。まさか、逃げられたのか」

五郎兵衛は正座して両手を畳につき、昨夜のことを隠さず話した。

竹内が、眉間にしわを寄せる。

「犬に追われて、はぐれたと申すか」

「若殿は足が速く、追いつけませんでした。方々捜したのですが、どこにも……」

「右も左も分からぬ江戸で迷われたのだ。いや、待て」

竹内は、思案をめぐらせる顔をして、五郎兵衛の前に正座した。

「虎丸殿は、瀬戸内では自由奔放に生きていた。それが、このような狭い部屋に閉じ込められたのだ。囲われの身がいやになり、犬に追われたことに乗じて、逃げたのかもしれぬ」

五郎兵衛は頭を振る。

「それはございませぬ。若殿は、皆が早う笑うて酒が飲めるよう励むと言われ、共に帰っていたのですから」

「おおせられたのは、はぐれる前のことではないのか」

「はい」

「一人になって、気が変わったのかもしれぬ」

「そ、そんな……」

「ないと、言いきれるか五郎兵衛」

「……………」

「このまま見つからねば、御家は終わりぞ」

「すべて、それがしのせいでございます」

五郎兵衛は、思いつめた顔で立ち上がった。

「どこへ行く」

「遺言を果たせなかったこと、定光様にお詫び申し上げます」

「腹を切ると申すか」

「ごめん」

頭を下げて退こうとした五郎兵衛を追って立ち上がった竹内が、行く手を阻んだ。

「楽を選ぶことは許さぬ」

「しかし……」

「まだ逃げたとは限らぬ。三日捜して見つからぬ時は、家臣一同に秘密を打ち明け、総出で捜す。それでも見つからぬ時は五郎兵衛、二人で安国堂に行き、定光様に詫びて果てよう。それまでは、勝手を許さぬ」

「御家老……」

「よいな」

「はは」

顔をゆがめる五郎兵衛に、竹内は真顔で言う。

「そなたはここに残り、誰も近づけるな。若殿は、我らが捜す」

「それがしも行きます」

「その様子では、一日持つまい。何か食べて、しばし休め。伝八、そのほうも残れ」

竹内は命じると、もう一人の侍に眼差(まなざ)しを向ける。

に行った。

「六左、手の者と捜せ」

「承知しました」

頭を下げた六左は、虎丸が乗る駕籠の陸尺をしていた四人の男たちを促し、捜しに行った。

竹内は、五郎兵衛に顔を向けた。

五郎兵衛は、神妙な顔で正座している。

気落ちした様子の五郎兵衛に、竹内は一つ息を吐いて言う。

「虎丸殿は、まだ潮の匂いが抜けぬ。わたしの留守中に戻られたら、二度とこの部屋から出すな」

「承知しました」

竹内は頭を下げる五郎兵衛から伝八に眼差しを転じ、抜かりなきように、と言いつけ、虎丸を捜しに行った。

二

「おい、息をしてやがるか？　頭巾を取ってみろ」

「おう」

男たちの声に虎丸が目をさますのと、頭巾が取られるのが同時だった。

目が開けられない虎丸は、手で日陰を作った。その手をつかまれ、強く引かれたので起き上がろうとしたのだが、胸を踏まれた。

有無を言わせず両の手首に縄を巻かれて、身動きを封じられる。

「おい、何するんや」

「黙れ川賊(かわぞく)め！」

目がようやく慣れた。舟は広い川に浮かんでいるが、別の舟に横付けされ、四人の男たちに囲まれている。

きつい日差しが男たちのあいだから差し込み、虎丸は目を細めた。

「わしが川賊じゃと」

「おうよ。人の舟で寝るとは、ふてえ野郎だ。やい、盗んだ酒をどこへ売り飛ばしやがった！」

「意味がさっぱり分からん。わしは、たまたま乗った舟が流されて……」

朝方眠ったのだ。

虎丸は焦った。空を見上げれば、日は高いところにある。

「お兄さん、今、何時?」

ひげ面の三十代の男に訊くと、顔をしかめられた。

「うるせえ!」

拳で左の顔を殴られた。頭がくらっとした虎丸は、歯を食いしばり、怒りを噛み殺した息を吐く。

「殴ることはなかろうが。見て分からんのか。どうやって舟を漕げゆんじゃ」

「黙りやがれってんだ」

もう一発、同じところを殴られた。

睨む虎丸に、男が怒りをぶつける。

「お頭が来なすったら、今よりもっとひどいからな!」

怒鳴る男の腕を別の男がつつき、川上を指差す。

「兄い、来なすった」

川上を見た兄いと呼ばれた男が、虎丸に勝ち誇った様子で言う。

「お頭のお出ましだ。覚悟しろ、川賊め!」

川賊とは、いったいなんだろうか。

この者たちが乗るのは荷船だろうか。そういえば、今乗っているのも、小舟ではない。

訊こうと思ったが、顔をしかめた。左の頬が腫れている気がした虎丸は、口の端をなめた。血の味がする。

牡蠣船を襲う海賊のような盗っ人が、江戸の川にはいるのか。

血が混じった唾を吐き、ふたたび顔をしかめる。ろくに調べもしないで人を殴る男たちの態度に、訊く気が失せた。

やがて荷船が近づいた。舳先には、腕組みをして渋い顔をした男が立っている。

三十代だろうか。荒くれ者を束ねる男だけに、立ち姿に迫力がある。

横付けされるあいだ、男は虎丸を睨んでいたが、船乗りたちが頭を下げるのに眼差しを転じ、口を開いた。

「信、その若造は誰だ」

兄いと呼ばれていた男が、虎丸を見て答える。

「この野郎は、頭の大事な舟で寝ておりやした。この頭巾を被ってましたんで、川賊の一味ですぜ」

頭は投げられた頭巾を受け取り、虎丸をまじまじと見て、可笑しそうに噴き出した。

馬鹿にされた気がした虎丸は、腹が立った。

「わしは川賊じゃあない。たまたま乗った舟がこれじゃったんや。よう見てみい、どうやって漕げゆんや」

すると、頭の舟から移って来た若い男が、中を見回した。

「頭、こいつの言うとおりだ。道具が一つもねえ」

麻の着物を尻端折りにしている若い男が、筵をはぐり上げていた。

櫓も棹もないのを見て、頭が顎を引く。そして、虎丸に申しわけなさそうな顔を向けた。

「若けぇのが勘違いしたようだ。悪かった」

あっさり認めてあやまるので、信が慌てた。

「頭、騙されちゃいけねぇ。この野郎はきっと、櫓と棹を捨てたんですぜ」

すると頭が、信をじろりと睨む。

「お前は先ほど、寝ていたと言ったじゃねぇか」

「それは……」

「荷を取られて焦るのは分かるが、間違っちゃいけねぇ。逃げようとする者が、顔に可笑しな日焼けができるほど眠るかよ」

頭は言い終えないうちに、虎丸の顔を見てまた噴き出した。

何がどうなっているのか分からないので、虎丸はいい気がしない。

だが、この者たちのおかげで助かった。それだけは礼を言わねば。

「海まで流されとったら、命はなかった。助けてくれてありがとう」

頭を下げた虎丸に、頭は真顔で応じ、頭巾を差し出した。

「何がどうなって流されたか知りませんが、上等な生地の無紋（着物）に、これをつけていらっしゃるということは、あまり顔を見られちゃいけないお人じゃないですかい」

そうだった。

虎丸は動揺した。だが、そのほうがいいのではないかと思った。川賊と間違えられて役所に突き出されることになれば、広島藩の者だと言えばいい。殿様の御落胤（ごらくいん）ということに、してやろうか。

ほんとうに御落胤だが、知るよしもない虎丸は、そんなふうに考えた。

「どうなんです？」

訊く頭に、虎丸はうなずく。

「ほうよの。お忍びで出とったんじゃ」

「やっぱり」

頭が頭巾を渡そうとして、虎丸の手を見て慌てた。

「こいつはすまねぇ。おい秀、ぼさっとしてないで縄を解いてさしあげねぇかい」

秀と呼ばれた若者が、虎丸の縄を解いた。

先ほど胸を踏みつけた男だと思い見ていると、秀は虎丸の着物を手で払い、乱れた襟を直して下がった。

頭巾を受け取った虎丸は、遅いと思いながらも、日焼けのことが気になり、被って顔を隠した。

奪われていた刀を差し出したのは、体軀がいい男だ。この男は、丸太のような腕をしている。

「またずいぶんと、鞘のこしらえがよろしいお刀ですね」

言った頭が、こっちの舟に乗ってくれと言い、手を差し伸べた。

刀の自慢はせず、腰に帯びた虎丸は、手をつかまず、身軽に飛び移ったのだが、よろけて川に落ちそうになった。

手をつかんで引き止めた頭が、いぶかしげな顔をする。

「舟をなめちゃいけませんぜ。そんな瘦せ細った身体じゃ、立っているのがやっとじゃないですかい」

広島でそんなことを言われたことはない。自分では気付かなかったが、そんなに痩せて見えるのか。食べる物は粥(かゆ)だけで、いつも腹を空(す)かせていたのだから、痩せるのは当然だ。

病人らしく、と言っていた竹内の、思い通りになっていたのだ。

虎丸は、素性がばれたらまずいと思い、一つ息を吐いて気持ちを落ち着かせた。

「そがあに、病人に見えるかのう」

「そがあに？」

「そんなに、という意味よ。病人に見えるか？」

頭は、薄笑いを浮かべた。

「どこか、お具合が悪いので？」

「いいや。訊いただけじゃけ、忘れてくれ」

頭が座るようすすめるので、応じて木箱に腰かけた。

頭が川上に戻るよう手下に命じると、手下が応じて舟を出した。

尾道で使っていた小早船とは違い、江戸の川舟は足が遅い。

今頃、葉月家はどうなっているだろうか。一刻も早く戻らなければ。

虎丸は、ここがどこなのか訊こうとしたのだが、その前に頭が口を開いた。

「舟は、どこで乗りなすったので?」

「それが、よう分からんのよ。夜じゃったし」

頭は、手で顎をさすった。

「やはり思ったとおりだ。町は不慣れでございますね?」

「いっそ分からん。犬に追われとるうちに、夜道に迷うた」

正直に言うと、頭は顎から手を離し、膝に両手を置いた。

「あっしは、武蔵屋小太郎と申しやす。江戸橋北詰にある本船町で船主をしている、小者でござんす」

急に名乗った小太郎は、訊く顔を向けてきた。名乗れ、というつもりらしい。

葉月の名を出すわけにはいかない。

頭に浮かんだことを、何も考えずにしゃべった。

「わしの名は……、芸州……、虎丸」

うっかり下の名は本名が出た。

「芸州虎丸……、様」

芸州などと言っては、誰でも嘘だと思うであろう。小太郎はまた顎をさすり、品定めするような眼差しを向けてきた。

　虎丸は後悔したが、嘘だと白状すれば、かえって疑われる。

　小太郎が訊く。

「御国は芸州ですかい？」

「まあ、あっちのほうよ。詳しゅうはゆえん」

　小太郎は笑みで顎を引く。

「芸州様、と呼ばせていただきますぜ」

「芸州はよせ」

「では、虎丸様で」

「様もつけんでええ。頭は、命の恩人じゃけ」

「とんでもねぇ。御武家様を呼び捨てにはできませんや。近くまで送ってさしあげますが、御屋敷はどちらです。芸州様ですから、桜田御門外ですかい」

「桜田御門外とは、なんや」

「では、何町で？」

「町と言われても困る」

「まいったな」

頭をかく小太郎に、丸太のような腕をした男が近づく。

「頭、ほんとうに御武家ですかね。嘘じゃないですかい」

聞こえぬよう気を遣ったつもりだろうが、地声が大きいのでまる聞こえだ。

こちらを気にした小太郎が、康、おめえは黙ってろ、と言って頭をたたいた。月代を剃った頭からいい音がしたが、康は平気な顔をしている。

このままでは、川賊に逆戻りだ。

虎丸は考えた。料理屋の名を言っても、そこから屋敷に帰る道が分からない。言えるのは、一か所だけだ。

「頭、横に大きな空地がある寺まで連れて行ってくれ」

「寺の名は、なんといいます」

「名は分からん」

「名が分からないのは困りましたね」

虎丸は息を呑んだ。

「空地が横にある寺は、一つじゃないんか」

「ええ、そりゃもういたるところにありますよ」

「それは、困ったのう」

「目印になるような物はございますか」

「夜は、よけえ店が出とったけどのう」

「店ね」

「ほうよ。屋台の」

「それだけでは、なんとも」

「分からんか」

「珍しいことじゃございませんので。他には？」

武家地の近くと言っても、同じ答えだろう。どうすればいい。夜だったので、目印になる物は見ていない。

やはり、料理屋を言うしかない。

「堀川の近くに、泉屋という料理屋があった」

「泉屋……。おい誰か、泉屋という料理屋を知っているか」

皆、首をかしげている。

康が、荷船を引いて並走している舟に大声をあげた。

「信さん、泉屋という料理屋を知ってますかい」

信が漕ぎ手に何か言い、舟が近づいて来た。

「泉屋がどうしたって？」

「こちらの虎丸様が、そこしか分からねぇらしいんで」

康の言葉に応じて、信は虎丸に眼差しを向ける。心中穏やかではないようだ。

小太郎が口を開いた。

「おい信、知っているのか」

「いえ。でも頭、料理屋なら、富士屋さんに訊けば分かるんじゃゃないですか」

「富士屋か。なるほど、そいつは丁度いい。虎丸様、お付き合い願いますよ」

「すまない」

「いいってことです。富士屋に用がありますんで、ついでですさぁ。おい信、これから富士屋に行く。急ぐから康と替われ」

「へい」

舟が寄せられ、康と信が入れ替わった。

乗って来た信は、虎丸に警戒の眼差しを向け、離れて座った。

近くに寄った小太郎と何か話しているが、詫びをする、という声が聞こえたのみで、小声は川風に消される。

聞き耳を立てるのは疑われるもとになるので、虎丸は前を向き、景色を眺めた。

先を急ぐ小太郎は、荷船を曳く康の舟を置き去りに、船足を速めさせた。

やがて前方に、広い川に架けられた橋が見えてきた。昨夜橋の下を流されたのは、ここだろうか。夜と昼では景色がまるで違う。尾道の水道と同じ広さの川に橋が架かっていることに、虎丸は度肝を抜かれ、身を乗り出す。

「なんだい若いの、永代橋を見るのは初めてかい」

そう言った三十代の船乗りが、白い歯を見せている。

「えいたいばし。どこかで聞いたような」

思い出そうとしている虎丸に、船乗りが言う。

「世に名高い赤穂義士が、討ち取った吉良様の首を持って渡った橋だ」

村上のおやじ殿が誰かと話していたのを思い出した。本家の広島藩では、縁座させられる、と噂になり大騒動だったので、橋の名前まで頭の隅に残っていたのだ。

舟はその永代橋の手前を左に曲がり、堀川に入った。

虎丸は、舳先で竹棹を持って舟を操りはじめた先ほどの船乗りに、川の名を訊いた。

船乗りは日に焼けた顔を忙しく動かし、堀川にいる他の舟とぶつからないように操りながら、虎丸に答える。

「さっきまでいた川が大川。この川が霊巌島新堀だ」

堀の入り口の右手、永代橋の橋詰に、船手方と思しき番所があった。昨夜、流された時にこの前を通っているはずだが、見えなかったのだろう。江戸は水運の町だと聞いていたが、川には船手方の舟が少ないように思えた。番所の船着き場にも、舟はない。

川賊を疑われているなら、ここに突き出されるはずだ。

舟が岸に近づいたので、虎丸は緊張した。

船着き場に滑り込めば、厄介なことになる。広島藩主の御落胤だと言って、信じてくれるだろうか。

そう思い、振り向くと、小太郎はまだ信と向き合って話し込み、こちらを見もしない。

舟の左側を、荷船がくだって行った。すると、船乗りが舳先を転じて岸から離れ、先へ進んだ。

ほっと胸をなでおろした虎丸は、前を向く。

舟は、堀川に架かる橋を二つ潜り、渡し船が横切るのを見つつさらに進み、次に見えてきた橋の手前を右に曲がると、程なく船着き場に滑り込んだ。

虎丸は船乗りに訊いた。

「先ほどの橋は」

「江戸橋だ。覚えておきな」

船乗りが先に降り、舟を固定した。

小太郎が舟から降りると、近くの舟に乗る者たちが仕事の手を止めて頭を下げている。

「虎丸様、どうぞ」

小太郎の誘いに応じて舟を降り、蔵地の下にある石段を上がった。

堀端で船乗りたちに差配をしていた中年の男が小太郎に気付き、持っていた帳面を閉じて歩み寄ると、腰を折って迎えた。

「頭、お帰りなさいまし」

「最後の荷船が見つかったぞ。酒樽(さかだる)の代わりに、こちらのお侍が乗っておられた」

中年の男は、頭巾を着けている虎丸を見て眉間にしわを寄せた。

小太郎が言う。

「川賊じゃあねえぞ。これから御屋敷に戻られる、芸州虎丸様だ」

「芸州様。広島藩の若殿様ですか」

鋭い。

虎丸は、そうだと言ってしまおうかと思ったが、その前に小太郎が言う。

「頭巾で顔を隠すお方が、ほんとうの名を言われるものか。深く訊くんじゃねえ」

「頭がそれでよろしいのでしたら、何も言いません」

中年の男は、小太郎に心服しているのだろう。あっさり引き下がった。

小太郎が虎丸に顔を向ける。

「こいつは、番頭の清兵衛です。疑り深いもんで、無礼をお許しください」

清兵衛は頭を下げたが、信と同じく、怪しんでいる様子だ。

小太郎はまったく疑っていないのか、虎丸を家に案内した。

家は本船町の蔵地の中にあり、裏には船着き場がある。

虎丸が上がったのは、家の裏手だったのだ。

お侍を裏から入れるわけにはいかない、と言った小太郎は、わざわざ表に回った。

屋根に武蔵屋の看板を上げているが、表は裏にくらべて静かだった。間口は広く、向かい側で繁盛している海苔問屋と変わらない。

中に誘われて足を踏み入れた虎丸は、広い土間を見回した。帳場があるが、売り物の品は何もない。

「頭は、何を商いにしとるんや？」

「水運で食べておりやす」

「荷船の船主か」

「他にも、猪牙舟と屋形舟を持っておりやす」

「手広く商売をしょうるんじゃのう。儲かっとる？」

「おかげさまで。さあどうぞ、お上がりになってください」

「わしは、先を急ぐんじゃけど」

「まあそう言わずに。腹も空いておられるでしょう。清兵衛、おみつは？」

「おみつ様は、伸吉の見舞いに行かれています」

「一人でか」

「供はいらないと言われますので」

「伸吉の野郎、妹に手を出さねぇだろうな」

「お頭に殺されると分かってますから、大丈夫かと」

清兵衛はそう言うと、虎丸を板の間に促した。

応じて上がった虎丸は、板の間に座った。

清兵衛が一旦下がり、膳を持った女中と戻って来た。

「昼はいつもこれですので、よろしかったらどうぞ」

清兵衛が言い、穏やかな顔つきをした女中が差し出した膳に置かれていたのは、白むすびが三つと、漬物、そして、豆腐とわかめの味噌汁だ。

忙しい合間に腹を満たすための、昼餉だ。

尾道でも、たいていはそうだった。

「懐かしいのぉ」

思わず出た言葉を、小太郎は聞き逃さない。

「御屋敷じゃあ、白むすびは出ませんか」

「近頃は、粥ばっかりよ」

「粥……」

小太郎は清兵衛と顔を合わせ、虎丸に憐みを向ける。

「ちょいと支度をしてきますんで、腹いっぱい、食べておくんなさい」

どうやら、貧しい武家だと思ったらしいが、虎丸は否定しなかった。一人にされた部屋で頭巾を取ると、むすびを一つ取った。

昨夜の鯛めしも旨かったが、むすびも旨い。海で弁当を食べたのが遠い昔に思えて、猛烈に、広島に帰りたくなった。

だが、それでは葉月家の者たちが路頭に迷う。

頭を振った虎丸は、出された物をすべて食べた。

支度を終えた小太郎が奥から出て来たのは、頭巾をつけた時だった。

虎丸は礼を言うために頭巾を取ろうとしたが、

「ああ、そのまま、そのまま」

気を遣って止めるので、つけたまま礼を言い、立ち上がった。

妹のおみつが帰って来たのは、清兵衛と三人で店から出ようとした時だ。

「もう、腹の立つ！」

色白で瓜実顔（うりざね）の美人だが、気が強そうだ。

頭巾をつけた虎丸に驚いた顔をして、一歩下がって頭を下げた。

「お客さんでしたか。失礼しました」

引きつった笑顔を作りながら戸口を譲るおみつに、清兵衛が言う。

「お客ではありませんよ。迷い人です」

「迷い、人」

首をかしげるおみつが、虎丸を見てきた。

小太郎が教える。

「めったに町に出られない御武家の若殿様だ。お犬様に追われて道に迷われたので、これから御屋敷探しだ」

「ちょっと待って兄さん。今、そのようなことしている場合なの。荷船が襲われて、仲吉さんやみんなが大怪我しているのよ。荷船を探しに行ったんじゃないの」

「見つかったさ。荷はなかったが、こちらの虎丸様が見つかったってわけだ」

「えっ」

「じゃ、行って来るからな」

「え、ちょっと待って。ねえ兄さん、どういうこと？」

「詳しいことは帰って話す。それより、仲吉はどうだった。ずいぶん腹を立てて戻ったが、甘えて抱きつかれたか」

「兄さんたら、何言ってるのよ。そんなことする人じゃないわよ、仲吉さんは」

「怪我の具合は」

「腕の骨が折れてるって、お医者様がおっしゃったわ」

「命があっただけでも、よかった」

そう言って戸口から出た小太郎の横顔は、怒りに満ちているように思えた。

虎丸は、おみつに頭を下げて、小太郎の後を追う。

江戸橋の袂を右に曲がると、大勢の人で道が埋め尽くされ、威勢のいい声が飛び交っていた。

「なんじゃここは。祭りか？」

圧倒されて立ち止まっていると、小太郎が引き返して来た。

「ここは江戸の台所。魚河岸でさ」

「そうなん。どうりでにぎやかじゃと思うた。ほいじゃが、人の多さにはたまげる」

「いつもこの調子ですよ、この通りは」

「そうなんか」

小太郎を見失わないようついて行くと、やがて、左に橋が見えてきた。ここの袂も広く、周りには大店が軒を連ねている。

「この橋が、日本橋ですぜ」

「おお、ここが」

何かの書物に出てきた名を覚えていた。

見るだけで渡らず通り過ぎ、さらに歩くと、堀端に出た。対岸は石垣と漆喰壁に囲まれているので、江戸城の曲輪内だと分かった。

小太郎が、右に曲がってすぐのところに見える城門を示す。

「あれが常盤橋御門ですが、覚えがありますか」

「わしは一度も城に上がったことがないけえ、知らんのよ」

「ああ、そうでしたか。それじゃ、ここも初めてで」

「ほうよ」

「そうですかい」

小太郎は疑う様子もなく、歩みを進めた。

常盤橋の近くに金座があるとか、本両替町の旦那衆は腹黒が多いだとか、江戸の町のことを面白おかしく教えてくれながら歩く小太郎は、荷船が襲われ、奉公人が怪我をさせられたというのに、気鬱がまったくない。

牡蠣船が海賊に襲われた時の天亀屋治兵衛も、みんな生きて帰ったからよしとしよう、と言い、誰も責めず、落ち込んだ顔を見せなかった。

よく似ている。

だが、橋を一つ渡った先の鎌倉河岸に行った時、小太郎の表情が一変した。

三

「急いでおくれよ。夕方に間に合わなくなるからね」

あるじの声に応じて、河岸に横付けされた荷船から降ろされた酒樽が、人足たちによって運ばれている。

向かう先は、富士屋だ。

小太郎はその様子に驚き、指図をしていた男に駆け寄った。

「富士屋の旦那」

声に振り向いた中年の男が、白い歯を見せた。

「ああ、小太郎さん。どうだい、荷船は見つかったかい」

「それより、こいつはどういうことです」

「これかい。昨日の騒動を聞いて、嘉島屋（かしまや）さんが助け船を出してくださったのさ。遠くの縁者より近くのなんとかと言うだろう。御同業のよしみで、酒を分けてくださったのさ」

「そいつは良かった」

小太郎は腰を折り、両膝（ひざ）をつかんで安堵の息を吐いた。

富士屋のあるじが背中をさすってやる。

「そういうことだから、安心しておくれ。酒代のことだがね」

「そりゃもう、手前が弁償します」

「そうかい。それじゃ、こいつを渡しておくから、嘉島屋さんに払っておくれ。荷船の代金は、明日の荷が届いた時にまとめて払うよ」

「払っていただけるので？」

「そこは払うさ。でなきゃ、お前さんの店が潰れちまう。明日は、大丈夫なんだろうね」

「へい。命に代えても、大事な品をお守りしやす」

「明日の荷が入らなければ、うちの信用はがた落ちだ。先払いをしてくださっているお客に申しわけが立たないから、くれぐれも頼んだよ」

「ご迷惑をおかけしたのに、使っていただいて恩に着ます」

「悪いのはお前さんじゃない。川賊だ。とにかく明日は、頼んだよ」

「へい。必ずお届けしやす。旦那、これは、ほんの気持ちでございます」

手土産を差し出すと、富士屋のあるじは素直に受け取った。

「どうだい、こいつを味見してみるかい。伏見の酒だよ」

伏見酒と聞いて、清兵衛が紙を開いて代金を確かめた。

高かったのか、安かったのか、心配そうな顔で小太郎の袖を引いて代金を見せた。

小太郎は顔色一つ変えずに、お支払いしろと命じ、富士屋に笑みを向ける。

「せっかくですので、いただきます」

「ささ、中へ」富士屋のあるじは、虎丸に眼差しを向けた。「お侍様は、ひょっとして用心棒ですか」

無紋の着物だからそう思うのも無理はない。

虎丸は、そういうことにして、顎を引いた。

富士屋が、にこやかにうなずく。

「それは安心だ。明日の荷は大丈夫だね。お侍様もご一緒にどうぞ」

「さ、いただきましょう」

小太郎に促されて、虎丸は店に入った。

中は酒の匂いに満ちている。客に酒を飲ませるらしく、小上がりには六人の男がいて、昼間から飲んでいた。

その中の一人に目をとめた小太郎が、顔をしかめて近づいて行く。

「おい、貞助」

声に振り向いた男が、驚いて立ち上がった。

「か、頭」

「おめぇ、腕を斬られているのに飲んでいるのか」

「……」

貞助は、首から下げた布に吊っている右腕に手を当てて、うつむいた。

小太郎が富士屋に言う。

「こいつは、襲われた荷船の船頭の一人です」

頭を下げる貞助に、富士屋は寛容に応じた。

「そうでしたか」

「おい貞助、来たのなら先に詫びるのが筋ってもんだろう。黙って酒を飲みやがって」

「すみません。そのつもりで来たんですが、なんだか言えなくて」

「ったく」

「まあまあ、さっきも言いましたが、悪いのは川賊ですから、怪我人を責めないでおくれ」

小太郎は、ばつが悪そうな顔をした。

「申しわけございやせん」

「貞助さんの命があってよかった。これまで川賊に襲われた者の中には、まだ行方知れずもいるらしいじゃないか」

「へい。船主仲間の船頭が一人、冬の川に落とされたまんま、見つかっておりやせん。他にも、二人ほど」

「ひどい話だ。座っておくれ。酒を持って来るから」

「では、お言葉に甘えて」

小太郎が隣を示すので、虎丸は長床几（しょうぎ）に腰かけた。清兵衛は貞助の正面に座り、心配そうな顔をする。

「酒を飲んだら、傷がうずくんじゃないのかい」

「長屋にいても、悔しくて眠れなくてよう」

「それで、様子を見に来たのかい」

うなずいた貞助が、ぐい飲みを見ながら、声を潜めた。

「大きな声じゃ言えねぇが、おれたちが運んでいた酒は、同じ下り酒でも他では手に入らないもんだ。味がまるっきり違うんだよ、頭」

小太郎の顔に怒気が浮かんだ。

「おめえに言われなくても分かってらあな。盗まれたことで一番迷惑しているのは、待っている客と、富士屋さんだ」

富士屋のあるじは、利き酒を注いだぐい飲みを持って来ると、二人のあいだに割って入った。

「頭、そのへんにして、一杯やっておくれ」

ぐい飲みを渡された小太郎は、申しわけなさそうに頭を下げ、一口飲むと、すぐに浮かない顔をする。

清兵衛も一口飲み、渋い顔をした。

気まずい空気の中、富士屋はつとめて明るくし、虎丸にも酒を渡した。

酒の味は覚えたばかりで、広島でもあまり飲んではいなかった。

断るのも悪い気がして、虎丸は顔を見られないために頭巾を取らぬまま背中を向けて布をずらし、一口含む。

広島の酒は旨いと思っていたが、伏見の酒も悪くない。だが、皆は浮かぬ顔をしているので、訊かずにはいられない。

皆のほうへ向きなおると、富士屋が不思議そうな顔で見ていた。

虎丸は、構わず訊く。

「盗まれた酒は、そがに旨いんか」

「そがに？」

小太郎は、意味が分からない様子だ。

「そんなに、旨いんか」

言い換える虎丸に答えたのは、清兵衛だ。

「別物ですよ。伊丹の酒蔵で造られる呑華という酒でございましてね、将軍家献上酒を上回る味だと評判になりながらも、樽数が少ないのでなかなか手に入らない代物。他の酒問屋も手に入りにくいというので値が跳ね上がり、一升が四千文もする代物です」

虎丸は目を見張った。

「そがにするんか！」

「はい」

「せっかく手に入れていた酒を、取られたんか」

「悔しいですよ。腹が立ちます」

小太郎が言い、ため息を吐く。

富士屋が言う。

「五十樽のうちの、半分ほどやられました。まさかとは思ったのですが、念のために分けて運ぶようにしておいて、ようございました。頭の機転のおかげですよ」

「いや……」

小太郎は、その半分を取られたことをふたたび詫びた。

「取られた分のお支払いも、手前が弁償します」

「そうしてくれると、助かるよ。伏見の分まで出してもらって、申しわけないね」

「いいんです。迷惑をかけたのは手前ですから」

小太郎はそう言っているが、清兵衛は青い顔をしている。

虎丸は、算用をした。

「一升四千文ということは、二斗樽を五十で千両か。たまげた。そがな酒が、この世にはあるんじゃの」

小太郎が苦笑いで言う。

「江戸は人が多ございますからね。手に入れた店では、それくらいで売っています。そこを富士屋さんは、蔵元がある伊丹と変わらぬ値で売りなさるから、待っている客が多いってわけでござんすよ。と申しましても、一升二千文はしますが」

清兵衛が口を挟む。

「富士屋の旦那、弁償額は、いかほどになりましょうか」

「大きな声では言えない」

富士屋はそう言って、清兵衛の耳にだけ入れた。

清兵衛は顔を引きつらせた。

「分かりました。取られた分は、弁償させて……」

言っているうちに気が遠くなった清兵衛が、白目をむいて倒れそうになったので、小太郎たちが支えた。

正気を取り戻した清兵衛が、小太郎に言う。

「今日から当分、茶漬けですよ」

「分かってるよ」

小太郎は頭をかき、一つ息を吐いた。

虎丸が訊いても、小太郎は弁償の額を教えてくれなかったが、想像は付く。富士屋が一升二千文で客に売ることに、舌を巻いていたからだ。

小太郎たちは気の毒だが、世の中にはまだまだ知らぬ物がたくさんあるのだろうと思い、江戸に興味が湧いた。

それにしても、高い酒だ。

「庶民が日々飲む酒じゃないのぅ」

虎丸が言うと、富士屋が顔を向けた。

「手前どもにとって、量に限りがある呑華は宝も同然でございます。困ったことに、高値で売れるのを知った川賊が、目をつけたというわけです」

虎丸は、故郷を思い出していた。

「海賊ならぬ、川賊か。瀬戸内の海じゃあ、貧しい漁師が牡蠣船を襲うて金を取る。川賊も、同じ類じゃろうか」

これには、小太郎が答えた。

「いいや。川賊は漁師ではございませんよ。奴らは、根っからの盗っ人だ。去年捕まった野郎たちは、奪った品を売りさばいた金で、遊び暮らしていたと言ったそうですからね」

「捕まったのに、また出たんか」

「一つ潰しても、その日に別の賊が出やがる。金目の物を運ぶことをどこで知るのかも、分かっちゃいないんでさ。空き巣より質が悪い」

「酒を取られたことを、船手方にゆうたんか？」

「いいましたとも。ですが、返ることはないでしょうね。あきらめるしかないです」

小太郎は明るく言うが、悔しくないはずはない。

そう思った虎丸は、小太郎が、拳を作った手を震わせているのに気付いた。

富士屋が貞助に訊く。

「襲った相手の顔を、見たのかい」

「いえ。奴ら、こちら様のように頭巾で顔を隠し、猪牙舟に乗って吉原へ行くお武家風を装っておりやしたので、疑いもしやせんでした。近づいて来たと思った時には、鉤縄を投げられ、引きずり落とされたのでございますよ。抗ったあっしは、頭巾をつけた侍に腕を斬られて、舟ごと荷を盗まれました」

「頭巾を被った、侍……」

言った清兵衛が虎丸に向ける眼差しが、疑いの色を増している。

清兵衛の態度に気付いた富士屋が、まじまじと虎丸を見てきた。

虎丸は、顔の前で手をひらひらとやった。

小太郎が富士屋に言う。

「もう二度と、川賊に取られませんよ。明日の荷は必ずお届けしますので。ご安心を」

「よろしく頼みますよ。残りの二十五樽が入らなければ、うちは店が傾く。用心棒の旦那、なんとしても、お守りください」

手を向けて拝まれ、虎丸は困惑した。

虎丸が言う。

「頭、明日は、船手方に頼んで守ってもろうたほうがええんじゃないか」

「いやいや、相手にしてくれませんや。川賊は神出鬼没ですから、他が狙われるかもしれませんし、なにせ江戸は川が多い。あっしらのような小さな商いの者に、かまっちゃくれませんよ」

「そこに、川賊は目をつけているというわけです」

清兵衛が、悔しそうに膝を打ちながら言う。

「おい、今なんと言いやがった」

急に声をあげたのは、離れたところで飲んでいた酔客だ。こちらのことではなく、仲間内のことで訊き返したらしい。

紛らわしいと思いつつ見ていると、声をあげた男が、向かいに座る男の胸ぐらをつかんだ。

「もういっぺん言ってみろ！　ここの酒がまずいだと！　てめえ、おれが連れて来た店の味をけなすのか！」

「まずいとは一言も言っちゃいねえだろうがよ」

「似たようなもんだ！」

「く、苦しい」男は腕を振り払い、怒気を浮かべた。「おめぇが、いい酒を飲ませてやると言ったから来たんだ。それがなんだ、出てきた酒は、どこにでもある安酒じゃねぇか」

「しょうがねぇだろう！　ねぇ物はねぇんだ。文句を言わずに飲め！」

「いらねぇよ！　帰る！」

「おう、けぇれけぇれ。この酒でも、おめぇにゃもったいねぇや！」

「なんだとてめえ！」

「やんのかこら！」

「やってやらあ！」

取っ組み合いの喧嘩がはじまり、土間に落ちた器が割れた。

止めに入った別の客が顔を殴られ、五人が組み合う大喧嘩になった。

地回りらしき風体の男が頭に血をのぼらせ、懐に呑んでいた匕首を抜き、最初に喧嘩をはじめた男に切っ先を向けた。

今にも刺そうとしたので、虎丸は咄嗟に、ぐい飲みを投げた。

見事に額へ当たり、地回りの男は手で押さえて顔をしかめた。

怒り心頭で虎丸に斬りかかろうとしたのを、小太郎が止めに入る。

「よさねぇかい」

「うるせえ！」

振り上げられた匕首に顔色一つ変えぬ小太郎が、相手の手首をつかんで止めるなり、腹の急所に当て身を入れた。

両足が浮くほどの当て身は強烈で、男はエビのように丸まって倒れ、そのまま気を失った。

見くだす小太郎に、男の仲間が殴りかかろうとしたが、虎丸が手首を受け止め、顔面に頭突きを食らわせた。

手で鼻を押さえた男が、奇妙な声をあげて背を向け、戸口から転がり出た。

仲間内で喧嘩をしていた男たちは、地回り風の男が刃物まで出したので驚き、二人して逃げて行く。

残る一人は、虎丸と小太郎に睨まれ、たじたじとなって逃げた。

小太郎は、のびている男の背中に活を入れて起こし、無理やり立たせて表に連れて行くと、道に放り出した。

匕首を目の前に突き立てられた男が、小太郎に息を呑む。

「今日はけぇんな」

「は、はい」

「分かりゃいい」

立ち上がった小太郎は、店に入って戸を閉めた。

虎丸は、小太郎の男気に笑みを浮かべる。頭巾で見えぬが、目が笑っていたのだろう。小太郎も笑みで応じて、歩み寄る。

「痩せ細っていなさるが、お強いですね。やっとうのほうも、かなりの遣い手じゃござんせんか」

若殿は剣術ができませぬ。と言った、五郎兵衛の顔が浮かんだ虎丸であるが、頭を振って、顔を消した。

富士屋と手代たちが片づけをするのを横目に、虎丸は小太郎に言う。

「頭、わしに明日、手伝わせてくれんか」

「帰る道も分からねぇお人にゃ、無理ですよ」

「ほいじゃけど、このままじゃ疑われたままじゃ」

ちらと眼差しを向けると、清兵衛は目をそらした。

虎丸は、小太郎に眼差しを戻す。

「手伝わせてくれ。命を救われた恩を返したい」

「そのことは、お気になさらず。それに、昨日取られたばかりなんで、明日は来ねぇでしょう」

「いいや、わしは、いやな予感がする。船手方が少ないことに付け込んどるなら、味をしめてまた来ると思う。遠慮せんこう、わしを用心棒で使うてくれ」

「ありがたいですがね虎丸様、続けてはないと思います。それに、御屋敷に戻らねぇと、今頃大騒ぎじゃないんですかい」

「あと一日くらい、なんとかなる」

二月ものあいだ、他の家来に見られることなく寝所に囲われていたのだ。二日くらいいなくても、五郎兵衛たちなら、大丈夫だろうと思った。

清兵衛が何か耳打ちすると、小太郎は顎を引き、虎丸に顔を向ける。

「とにかく、今日はお帰りください」

「油断はせんほうがええ。手伝わせてくれ」

「まいったな」小太郎は苦笑いをした。「そこまでおっしゃるなら、明け六つに大川をくだりますんで、店にお越しください」

屋敷に戻れば、出られない。

そう言おうとした時、小太郎が手を打ち鳴らした。

「あ、そうだ」小太郎は、富士屋に振り向いた。「旦那、泉屋という料理屋をご存じないですかい？」

「泉屋……」

「堀川のほとりにあるらしいんですがね」

「となると、ここからすぐ近くの、竜閑町の泉屋さんだね。鎌倉河岸のはずれにあるそば屋の角を左に曲がってまっつぐ行けば、すぐ分かるよ」

「そば屋ってのは、例のあの、元芸者の夫婦がやっているそば屋ですかい」

「そうそう。今日も繁盛しているようだよ」

「旨いですからね。ありがとうございやす。虎丸様、行きやしょう」

「このまま、頭の家に泊めてくれ」

「そいつはだめです。うちは、人様を泊めねえのですよ。さ、行きやしょう」

そう言われては、従うしかない。

「富士屋、世話になった」

虎丸は頭を下げ、表に出た。

小太郎が案内してくれたそば屋は、外にまで人が並んでいる。その角を曲がり、堀端の道に入った時、虎丸は振り向いた。

ここは覚えがある。犬に吠えられた男がいたのは、鎌倉河岸だったのだ。

「虎丸様、ありましたぜ」

小太郎が指さす先に、泉屋の看板があった。

夜と昼とでは、景色がまるで違う。こんなに、こぢんまりした店だったのかと思う。

戸口に暖簾(のれん)が下がっていたので、商売をしているようだ。

犬に追われてこの前を走り抜け、大川まで行ったのだろうが、道順はまったく分からない。

虎丸は小太郎に顔を向けた。

「この近くに、寺と空地があるはずなんじゃがのう」

「となると、鎌倉河岸の先にある筑波山護持院だ。行ってみやしょう」

引き返す小太郎と清兵衛について行く。富士屋の前を通り、さらに先へ行ったところの左手に、城門が見えてきた。

小太郎が、神田橋(かんだばし)御門だと教えてくれ、そこを過ぎると、右手に大名屋敷が見えてきた。

長い長い漆喰壁を横目にしつつ歩み、角を右に曲がったところの道の向こうに、寺があった。

「ここが、筑波山護持院ですぜ」

左に寺、右に武家屋敷が並ぶ真っ直ぐな道。

その先の空地には屋台が並び、人でにぎわっている。

「ここじゃ」

「え、そうですかい」

「うん」

だが、小太郎に屋敷を知られるわけにはいかない。

「頭、世話になった。明日また会おう」

「本気で、手伝ってくださるおつもりで？」

「川賊が出にゃあそれでええけど、もし出た時にゃ、人が多いほうがええじゃろ。明け六つまでには、店に行くけえ」

強引な虎丸に、小太郎は笑みを浮かべた。

「では、お待ちしていますぜ」

「よし決まり。今日はほんまに、世話になった。恩に着るけえ」

虎丸は頭を下げ、身をひるがえした。

数歩進んで振り向くと、小太郎と清兵衛が見送っていたので、ふたたび頭を下げ、歩みを進めた。

広い空地の角に来てふたたび振り向くと、二人の姿はもうなかった。

角を左に曲がると、見覚えのある辻番屋が右手にあった。その先の辻を右に曲がれば、葉月家の屋敷があるはずだ。

辻番屋の前まで行くと、中から番人が見ていた。

頭巾をつけている武家は、珍しいことではないのだろう。出て来る様子はない。

角を右に曲がる。まったく人通りがない道に、葉月家の表門が見える。誰かが掃き掃除をしていたので、虎丸は戻り、横手の木戸に行くべく、違う道に回った。

二千坪あると五郎兵衛が言うだけあり、漆喰の塀は長い。

途中、編笠で顔を隠している侍とすれ違った。

旗本だろう。供侍を二人連れている侍は、生地のよさそうな紋付袴をつけている。

すれ違った虎丸は、気配に振り向く。すると、三人は立ち止まり、こちらを見ていた。無紋に頭巾をつけているので、怪しまれたか。

虎丸は前を向き、葉月家の横手に行ける路地に入ると、走った。

昨夜抜け出した木戸の前に立ち、あたりをうかがう。人はいない。中からも、人の声はしない。

そっと手を伸ばしたが、思うところあって引いた。

この中に入れば、二度と出られない気がする。

御家の存亡がかかっている者が戻らぬことで、竹内や五郎兵衛は、肝を冷やしているはずだ。二度と同じ過ちをせぬために、外へ出さぬはず。

それでは、恩に報いることができぬ。

瀬戸内の海賊を相手にしてきた虎丸の勘が、気持ちを高ぶらせている。

川賊が根っからの悪党なら、そこにお宝があれば取りに来るはずだ。

明るく振る舞う小太郎と、浮かぬ顔をする清兵衛や貞助、そして、悔しがる信たちの顔が、牡蠣船の仲間と重なった。

力になりたい。

そう思った虎丸は、来た道を引き返そうと決めてつま先を転じた。

「ごめん」

突如背後で声がした刹那(せつな)、虎丸は後ろ首を打たれ、気を失った。

## 四

瀬戸内の海が、陽光を浴びて輝いている。

あれに見えるは、千光寺。

草津村では牡蠣船の連中が筏(いかだ)に立ち、手招きしている。

仲間のところに行こうと舟を漕いでも、潮の流れに押し戻されてしまう。振り向けば潮流の渦が、虎丸を呑み込もうとしている。

虎丸は必死に舟を漕いだ。漕いでも漕いでも、渦に近づく。

「この顔は、いかがしたことか！」

大声で、虎丸は夢からさめた。

開けた目に飛び込んだのは、芸州弁をしゃべらない！と書かれた紙と、怒気を浮かべた竹内の顔だ。

ここは、囲われていた寝所。

木戸の前で何者かに襲われたことを思い出した虎丸は、起き上がって竹内を見た。

額に青筋を浮かせている竹内が、怒りをこらえた様子で言う。

「虎丸、いや、若殿、その顔は、なんとしたことか」

信に殴られたので、顔に青あざができているのだ。

そう思った虎丸は、事情を話すべく口を開いた。

「竹内殿、まあ落ち着いて。これにはわけがある」

虎丸は、犬に追われて道に迷い、役人に怪しまれたので舟に逃れ、流され、川賊に間違えられたことを端的に語った。

竹内の眉がぴくりと動いた。怒りが増した証だ。

「武蔵屋小太郎なる者の配下が、ろくに調べもせず川賊と決めつけ殴ったとは、けしからぬこと。これは分かりました。されど、顔のあざは十日もすれば薄れます。わたしが驚いているのは別のこと。誰か、手鏡を持て」

「はは」

応じた五郎兵衛が取りに行き、程なく戻って来た。

竹内に顎で指図されて応じた五郎兵衛が、虎丸のそばに来て手鏡を差し出したのだが、まじまじと顔を見るなり、噴き出した。

「笑いごとではない！」

竹内に怒鳴られ、五郎兵衛は真顔になる。

　虎丸は、鏡で自分の顔を見た。

「なんじゃこりゃ！」

　左の頬から右の額にかけて、頭巾の目抜きの四角い形に、くっきりと、斜めに日焼けしている。

　赤黒い物を顔に貼り付けたように見える間抜け面に、虎丸は絶句した。

　舟で小太郎と初めて会った時笑っていたのは、この顔のことだったのだ。頭巾を外すなと言ったのは、気を遣ってくれたのだろう。

「うわぁ、どうすりゃええん」

　顔を触る虎丸に、竹内が言う。

「何をどうすれば、そのようなことになるのか」

「強い日差しに気付かず、舟で寝とったけぇじゃろう」

　正直に言う虎丸に、竹内はため息を吐く。

「その顔では、家来の前に出られますまい。日焼けが消えるまで、この部屋に籠もってもらいますぞ」

「嘘！」

「嘘を申し上げているように見えますか」

「……いえ」

がっくりと首を垂れた時、後ろ首がずきんとした。

手で押さえ、顔をしかめる。

「誰や、わしを気絶させたんは」

「申しわけございませぬ」

下座に正座している男が頭を下げた。

虎丸が目を細める。

「あんたあ、空き屋敷にわしを迎えに来とった人じゃの。まだ名前を訊いとらんかった」

五郎兵衛が咳ばらいをして、芸州弁をしゃべらない！　の紙を示す。

「ええがの。誰もおりゃせんのじゃけ」

寝所なので、気がゆるゆるだ。

後ろ首を殴った男に顔を戻すと、男は名乗った。

「六左でございます」

虎丸は、感心してうなずく。

「気配がまったくせんかった。ただの侍じゃなかろう」

「いえ、どこにでもいる、三十俵(ぴょう)取りの(俸禄(ほうろく)の事)、しがない家臣でございます」

虎丸は腕組みをした。

「ほいじゃあ、気配に気付かんかったわしの勘が鈍っとるんか」

「さようにございましょう」竹内が言う。「六左は、忍びではございませぬ。若殿は、二月もこの部屋におられたのですから、瀬戸内におられた時のようにはいきますまい。剣の腕も勘も鈍っておられましょうから、小太郎なる者の手助けをしようなどと、ゆめゆめ思われますな」

虎丸は目を見張った。

「なして、それを知っとるん」

「小太郎と別れ際に話していたのを、六左が聞いておりました」

「道には誰もおらんかったはず。六左、あんたやっぱり忍びじゃろ」

「いえ、それがしは空地の屋台で、ひやっこいを飲んでおりました」

「ひややっこ？」

「ひやっこい、です。一杯四文の砂糖水でございます」

それとなく、町のことを教えてくれているのだろうか。抜け出してでも行け、と、背中を押された気がする。

　都合よくそう考えた虎丸は、竹内に顔を向けた。

「手を貸すと約束したんじゃ。行かせてくれ」

「何をおっしゃいます」

「頭は、わしの命の恩人じゃ。あのまま海へ流されとったら、わしは今ここにはおらん。ということは、葉月家の恩人でもある。ここは、恩を返さにゃいけんじゃろう」

「それをおっしゃいますか」竹内は目をつむって、程なく厳しい眼差しを向けた。

「いったい、何を約束されたのです」

「川賊から、積み荷を守る」

「なんと」

竹内が目を見張り、五郎兵衛と六左も驚きの声をあげた。

竹内が言う。

「川賊は、今江戸を騒がせている大悪人。そのような者を相手にされては、命が危うい。ここを出すわけにはいきませぬ」

「小太郎の荷は、昨日半分取られた。明日はどうしても、残り半分の荷を届けにゃいけんのじゃ」

「残りも、狙われていると」

「たぶん。いや、必ず襲って来る。わしの胸騒ぎは、時々当たるけえの」

「時々……」竹内は鼻先で笑う。「あてになりませぬな」

「来るよ。なんせ、目が飛び出るような高い酒じゃけ」

「酒？」

「呑華とかいう酒で、高いところでは、一升四千文で売っとるらしい」

「なるほど。呑華なら、狙われても不思議ではないかと」

「さすがは御家老。よう知っとる」

調子のいい虎丸を、竹内が睨む。

虎丸は身を乗り出した。

「頼むけ、行かせてくれ」

「川賊は非道の輩(やから)。捕らえようとした役人が五人も命を落としています」

「五人もか。ほいじゃあ、なおのこと行かにゃいけん。小太郎は命の恩人じゃけ。見捨てることはできん」

「なりませぬ」

「命の恩人を、見捨てえゆんか！」

「お声が大きい。奥御殿に聞こえてしまいます」

五郎兵衛に言われて、虎丸は声音を下げた。

「竹内殿、頼むけ行かせてくれ。舟の上なら、わしは誰にも負けん」

「川のことは、船手方に任せておけばよろしい」

「知らんのか。船手方は、手が回っとらん様子じゃ。相手にしてくれんゆうて、小太郎がよった」

竹内が、うさん臭そうな顔をする。

「妙ですな」

「何が？」

「船手方の目を盗んだ賊に襲われ、大切な酒を取られたというのに、武蔵屋小太郎は何ゆえ、明日も荷船で行くのです。こだわることはないと思いますが」

五郎兵衛が顎を引く。

「御家老のおっしゃるとおりかと。千石船が入る品川から荷車で運べば、川賊に襲われずにすむのではござらぬか」

虎丸は頭を振る。

「二人は、なんも分かっとらん。武蔵屋は船主じゃ。船主が荷車を使うたら、荷船の意味がない。舟より荷車が確かじゃと世間に思われたら、荷船の仕事は、みな荷車に取られるじゃろ」

「それもそうですな」

納得する五郎兵衛に、竹内が厳しい眼差しを向けた。そのようなこと百も承知だと目顔が言っているが、五郎兵衛は気付いていない。

竹内は、虎丸に眼差しを転じる。

「武蔵屋が、そう申したのですか」

「いいや。わしも船乗りじゃけ気持ちが分かる。小太郎は、船主として意地になっとると思う」

竹内がすかさず言う。

「その意地とやらに、若殿が付き合うことは許されませぬ」

「御家のためにか」

「さよう」

「身代わりを引き受けたからには、家来とその家族を守らにゃいけんことは、分かっとる。じゃがわしは、狙われるかもしれん命の恩人を、見捨ててはおけん」

虎丸は両手をついた。

「頼む。行かせてくれ」

竹内は、あからさまにため息を吐く。

「情が厚いにもほどがある」

「このとおり」

頭を上げない虎丸を見おろした竹内は、不機嫌な顔で腕組みをする。

五郎兵衛が、そろりと口を挟む。

「虎丸様は、信虎殿がおっしゃっていたとおりのお人ですな」

竹内がじろりと目を向ける。

「なんと申された」

「虎丸様は情に厚く、困っている者を放っておけぬ性分ゆえ、町には出さぬほうがよいと」

竹内の眉がぴくりと動いた。

「それを知っていて、外へ誘うやつがあるか」

「うっかり、忘れておりました」

「頼む竹内殿。今回だけ、行かせてくれ」

膝を進める虎丸に、竹内は目をつむる。

「どこに公儀の目があるやもしれませぬので、葉月家の者が供をすることができませぬ。薄情者と思われるかもしれませぬが、襲われるかもしれぬ場に行くことなど、許すわけにはまいりませぬ」

虎丸は顔を上げた。

「川賊が来たとしても、わし一人で十分じゃけ、迷惑はかけん」

竹内は、真顔で言う。

「すでに、大迷惑です」

「頼む、行かせてくれ」

「川賊は侮れぬ相手。虎丸殿に何かあれば、定光様の遺言を守れませぬ。ここは、辛抱してください」

虎丸は立ち上がった。

「どうしても、行かしてくれんのか。わしの気持ちは、どうでもええんか」

竹内が眼差しを向ける。

「引き止めるわけは、もう一つございます」

「なんや」

「明後日の昼八つ（午後二時頃）に、筑前守様が見舞いに来られます」

これには五郎兵衛が驚いた。

「なんですと！　筑前守様が！」

竹内が顎を引く。

「今日の昼前に、遣いが来られた。筑前守様は月姫様の文をお読みになり、自ら若殿を見舞うと、おっしゃったそうだ」

竹内の言葉を、五郎兵衛がいぶかしむ。

「これまで一度しか来られなかったお人が、何ゆえ今さら」

「月姫様の文を読まれても、若殿がすでにこの世におられぬのではないかという疑いを、解かれぬのであろう」

虎丸は、神妙な顔をする。

「筑前守様は、怪しんどってんか」

「どってんか」

言葉を気にする竹内に、五郎兵衛が耳打ちする。

「怪しんでおられるのか、という意味です」

竹内は、なるほど、と言い、虎丸に真顔を向ける。

「怪しんでおられるか否か、真意は分かりませぬ。が、筑前守様は、小姓組番頭をされていた定義様の上役にあたる若年寄。いつかは、確かめに来られると思うておりました。虎丸殿が来られる前でのうてようございましたが、さて、その日焼けをどうするか」

虎丸は額をなでながら、気になったことを訊く。

「筑前守様は、若殿とお会いになったことがあるんじゃないんか」

「ございます」

「それじゃあ、終わりじゃ。ばれるに決まっとる」

「さよう。ばれたらおしまいにござる。されど、ばれなければ、虎丸殿、あなた様は晴れて、若殿になれるのです」

「この間抜け顔で、賭けをする気なんか？」

「賭けではございませぬ。これはもはや、避けられぬこと。ゆえに、町の者を相手にしている場合ではございませぬ」

「ほいじゃがわしは、川賊が来る気がしていけんのじゃ。命の恩人のために、どうしても行きたい」

「定光様の思いは、あなた様にとってどうでもいいことなのですか」

「そうはゆうとらん」

「とにかく、許すわけにいきませぬ」

竹内は念を押し、六左を連れて寝所から下がった。

見送った五郎兵衛が、立ちすくむ虎丸に心配顔を向ける。

「若殿、こうなったのもそれがしのせいです。申しわけございませぬ」

虎丸はあぐらをかいて座った。

「あやまらんでくれ。わしが船乗りの小太郎と出会うたんは、何かの縁じゃと思うとる。川賊が悪さをしとると知ってしもうたけえ、黙っとられん。なんとか、竹内殿を説得できんかの」

「瀬戸内では、海賊を相手にご活躍されていたと、信虎殿から聞いております。ですが、心配でなりませぬ。若殿が、川賊が現れると胸騒ぎがするのと同じく、それがしも、若殿が災厄に巻き込まれるのではないかと、胸騒ぎがしております。御家老も、同じ思いでございましょう。説得は、難しいかと」

「前にも言うたじゃろ。乗った船は沈めんゆうて。襲われた船乗りの話じゃ、役人を五人も殺しとるようには思えん。ありゃあ、竹内殿のほらじゃろう」

「御家老は、嘘がお嫌いなお方です」

「わしを身代わりにしとるじゃないか。それは嘘じゃないんか」

「御家老は、亡き定光様の御遺言を守ろうとされているのでござる。ばれた時は、腹を切ってお詫びする覚悟。それがしも、同じ気持ちでござる」

「ばれたら、わしもただではすまん。終わりじゃ」

「巻き込んだあなた様を、決して死なせはしませぬ」

強い口調で言われて、虎丸は、悪いことを言ったと後悔した。

「すまん、言い過ぎた」

「いえ」

目線を下げる五郎兵衛に、虎丸は、なんともいえぬ気持ちになった。

場の空気が重くなる。

「あきらめるよ」

虎丸の言葉に、五郎兵衛が眼差しを向ける。

「まことでございますか」

「何度も言わせんでくれ」

五郎兵衛が顎を引き、思い出したような顔をした。

「ところで、武蔵屋小太郎には、なんと名乗られたのですか」

「うん？　まあ、適当に」

五郎兵衛が疑いの目を向ける。

「なんと名乗られたのです」

「心配すな。わしの愛刀に銘打ってある刀工の苗字(みょうじ)でごまかした。葉月家の葉の字も出しとらん」

「さようですか。では、お言葉も芸州弁で？」

「ほうよ。小太郎らは、わしを芸州の侍じゃと思うとる、はずじゃ」

虎丸がにんまりすると、五郎兵衛は、肩の力を抜いた。

「ほいじゃが、この顔の日焼けをどうしょうか」

「奥方様の時のように、するしかございますまい」

「ああ、あの手か」

虎丸はあくびをした。

「久々の外出でしたから、お疲れなのでしょう。しばしお休みください」

「そうするよ」

虎丸は、着替えをして横になった。

# 五

朝まで眠るつもりだったが、まだ暗いうちに目をさました虎丸は、有明行灯の薄暗い中で、天井を眺めた。

頭にあるのは、小太郎たちのことだ。

川賊に襲われるかもしれぬのに、ここで寝ていてもいいのか。

小太郎は、命の恩人だ。川賊ではないと、すぐに信じてくれた男を、自分は見捨てるのか。

ここにいる限り、小太郎が襲われても、耳に入ることはないだろう。

虎丸は、横向きになって夜着を被った。そしてすぐに払いどけ、半身を起こす。

「どうも、胸騒ぎがする」

屋敷を抜け出して小太郎と荷船に乗ろうと決意した時、行灯がふっと消えた。

雨戸が閉めてあるので月明かりもなく、真っ暗で何も見えない。

「定光殿、邪魔をするんか。いや、そんなわけない」

目に見えぬ力を振り払うように言い、廊下に出ると、雨戸を開けた。

外は肌寒く、空にはまだ星が見える。

薄暗い部屋に戻り、着替えがないことに気付いた。

寝間着で行くしかない。

二刀の小太刀を帯に差し、内廊下に出ると、裏庭に向かう。

暗い廊下を曲がった時、人の気配に足を止めた。

廊下に人がいる。

「誰や」

警戒して、小太刀に手をかける。

人影が動き、襖に手をかけて開けた。部屋からの、ほの暗い明かりに浮かんだのは、死に装束に身を包んだ竹内だった。

竹内は片膝を立て、大刀の柄を虎丸に差し出し、鋭い眼差しで言う。

「ここを通るなら、わたしを斬ってお行きなさい」

虎丸は、柄をにぎって抜刀した。

切っ先を向けると、竹内は正座し、虎丸を見据える。

虎丸は片膝をついて刀を後ろに置き、竹内の目を見る。

「わしは、誰も死なせとうない。必ず戻る。戻って定光殿の遺言を守る。わしを信じてくれ」

竹内は何も言わず、虎丸の目を見続けている。

虎丸も、そらさずに言う。

「わしは船乗りじゃ。乗った船は沈めん」

竹内はふと、肩の力を抜いた。

「五郎兵衛」

「はは」

竹内に応じて、五郎兵衛が手燭を持って現れた。

「虎丸殿に着替えを」

五郎兵衛が驚いた。

「御家老、よろしいのですか」

「早ういたせ」

「はは。虎丸様、こちらへ」

障子を開けて促す五郎兵衛に応じて、虎丸は部屋に入り、畳まれていた無紋の着物と袴をつけた。

戸口にいる竹内が、虎丸に言う。

「お戻りになるまでに、策を考えておきます。もし筑前守様に見破られた時は、わたしがすべての責を負い、腹を切りまする。ですからまずは、必ず、明後日の刻限までにお戻りください」

竹内の覚悟を見た虎丸は、正座して両手をつく。

「定光殿に託されたこの家を、潰しゃあせん。必ず帰るけ、待ちょってくれ」

「約束ですぞ」

虎丸が顎を引くと、竹内もうなずく。そして膝を転じ、場を空けた。

「五郎兵衛、案内をしてさしあげろ」

「心得ました。まいりましょう」

虎丸は応じて立ち上がり、黙って目をつむる竹内に頭を下げ、廊下を歩んだ。

五郎兵衛と屋敷を出た時、外は闇が薄らいでいた。

「明け六つに間に合うか」

「今から行けば、町の木戸が開きましょう」

「木戸？　ああ、各町にある木戸か」

「さよう。明け六つにならねば開きませぬ」

虎丸は知らなかった。

「それじゃ、約束に間に合わん」

「それがしがお供をして、木戸番にかけあいます。これをお着けくだされ」

渡された頭巾で顔を隠し、道を急いだ。

最初の木戸はまだ閉まっていたが、五郎兵衛は番人の知り合いらしく、顔を見ただけで木戸を開けてくれた。

「坂田様、今朝はお早いおでかけですね」

などと声をかけた番人は、頭巾をつけている虎丸に頭を下げる。その目つきは穏やかで、疑いは抱いていないようだ。

木戸から離れたところで、虎丸は五郎兵衛に言う。

「木戸があるけぇ、盗っ人は動けんの」

「赤穂義士の一件から厳しくされておるようですが、それは、お城と幕閣の屋敷が近い町だけで、離れたところではまだまだ手薄です。盗っ人が絶えないのが、その証ですよ」

「ふうん。絶えんのか」

「まあ、それなりに厳しくはなりましたので、家に入る盗っ人は前よりは減ったようですが、代わりに、川賊なるものが出るようになりました。川には門がないですから」

「そういうことか」

「吉原に行こうとしていた商家のあるじが狙われることが多いようです。大尽遊びでばらまく小判を、たっぷり持っていますからね」

「なのに、どうして酒を盗ったんかのう」

「高価な荷は、闇市で売れますからな。表向きはまっとうな商いをして、裏では盗品を安く買い、儲けている者がいると聞きます。川賊どもは、そういう輩に売るのです」

「五郎兵衛は、町のことをよう知っとるの」

「出入りの商人の相手をしますので、町の噂などが聞けるのですよ」

「帰ったらまた寝所に囲われるけぇ、暇つぶしに、町のことをもっと教えてくれ」

「承知しました」

五郎兵衛は鎌倉河岸を過ぎ、日本橋の袂まで送ってくれた。

「ここを真っ直ぐ行けば、江戸橋です」

「ありがと。ほいじゃ、行って来る」

別れようとした虎丸の前を五郎兵衛が塞ぐ。心配そうな顔をしている。

「虎丸様、やはりそれがしもお供をします」

「いや、葉月家の者が行くのはやめたほうがええ。わし一人で十分じゃ」

五郎兵衛はうつむき、道を空けて頭を下げた。

「虎丸様に何かあれば、安芸守様、いや、村上の信虎殿が悲しまれます。くれぐれもお気をつけて、刻限までには必ずお戻りください」

「川賊など、わしの敵じゃあない。今日の昼には帰る」

心配すなと言い、虎丸は歩みを進めた。

日本橋の北詰から江戸橋までのあいだは、魚屋が軒を連ねている。魚を商うのは江戸も広島も同じで、朝が早い。

堀川も舟が行き交い、船着き場からは魚を詰めた木箱が荷揚げされ、魚河岸は大にぎわいだ。

人とぶつからぬように抜け、江戸橋の袂を左に曲がると、武蔵屋の前も活気があった。

遅れた気がして、虎丸は歩を速めて表の戸口から入った。

中で差配をしていた清兵衛が、頭巾をつけている虎丸に気付いて、ばつが悪そうな顔をした。

見逃さない虎丸は、歩み寄る。そして、言葉を意識する。

「頭はおるか」

「ほんとうに来られたのですね」

「約束をしたけえの。裏で支度をしょうるんか」

行こうとした虎丸を、清兵衛は止めた。

「頭は、昨夜から品川ですよ」

虎丸は驚いた。

「どういうことや」

「初めから、品川で一泊して、朝に荷を受け取ることになっておりました」

「嘘をついたんか」

清兵衛は、困ったような笑みを浮かべた。

「昨日知り合ったばかりのお方を用心棒にはできないとおっしゃいましてね。そういうことですから、お帰りください」

忙しそうにする清兵衛は、指を舐めて帳面をめくり、背中を向けた。

虎丸はその肩をつかみ、正面に回る。

「用心棒なしで川賊に襲われたら、どうするんじゃ」

「ああ、それなら大丈夫です。懇意にしている役人がお二人ほど、付き添ってくださることになっていますので」

「その役人は、強いんか」

「そりゃまあ、お役人ですから、やっとうはおできになりますよ」

役人が何人も殺されている。そう言いかけて、やめた。小太郎の妹の姿が座敷に見えたからだ。

心配な虎丸は、清兵衛の腕を引く。

「こっちへ来い」

「何をなさいます」

「ええけ、来い」

裏へ連れ出した虎丸は、船着き場に繋(つな)げてある早船を見つけた。

「あれは小太郎のか」

「ええ、自慢の早船、ですが」

清兵衛は語尾を弱めた。何をする気か、という顔をしている。

「漕ぎ手を集めてくれ。今から追う」

「はあ？」

「ええけ早よ呼べ」

「何をなさる気です」

「役人が二人じゃ、頭たちを守れんと思う」

「まさか」

「付き添いの船手方から聞いとらんのか」

「付き添いは、御船手方ではございません。品川の宿場でお勤めの方です」

非番なので、小遣い稼ぎに付き添うらしい。

虎丸は焦った。

「馬鹿たれ！　舟に不慣れなもんが、役に立つか！　川賊は、船手方の者を五人も殺しとるゆうて聞いたで」

「まさか。初耳です」

「嘘じゃない。もし襲われたら皆が危ないけ、はよ漕ぎ手を連れて来い！」

「はい」

顔面蒼白となった清兵衛が、店に駆け戻った。

程なく連れて来たのは、腕っぷしが強そうな体躯の男七人だ。

皆の前を歩いていた清兵衛が、振り向いて言う。

「謙、こちらが虎丸様だ。ご指示に従うんだよ」

謙と呼ばれた二十代の男は、体軀に似合わぬ気が弱そうな顔で虎丸を見て、ぺこりと頭を下げた。

「頭のところへ、行けばよろしいのですね」

虎丸がうなずく。

「ほうよ。急げ」

「へい。おい、みんな」

謙は皆を呼び、早船に乗った。

虎丸が清兵衛に眼差しを向ける。

「あんたは行かんのか」

「わたしは、店の仕事を任されていますので」

「ほうか。ほいじゃ待っとれ」

きびすを返した虎丸が乗ると、船はすぐに離れた。

六人の漕ぎ手が操る船は、堀川をくだって大川に出ると、速さを増す。

虎丸が使っていた小早船には劣るが、大川を進む舟を、次々と抜いて行く。

舵を取る謙に訊く。

「品川は遠いんか」

「頭はもう、荷を積んでこちらに向かわれているはずですから、半刻（約一時間）もしないうちに出会えると思います」

「急げ」

「へい。おいみんな」

「おう！」

船足が、ぐっと速まった。

虎丸は紐（ひも）で襷（たすき）をかけ、袴を脱いで着物を尻端折（しりはしょ）りした。小太刀なのに、見た目に気を遣った五郎兵衛がこしらえた長い鞘が邪魔だが、仕方ない。

舳先に立ち、川賊よ現れるな、と願いつつ、先を見渡す。

朝が早いせいか、荷船はくだるものばかりで、のぼって来るのは漁師の舟が目立つ。

正面に中州が見えてきた。

そこは佃島（つくだじま）だが、知らない虎丸は、中州だと思っている。

「頭、頼むけ無事でおってくれよ」

虎丸は祈る思いで、川下を見つめた。

## 六

酒樽を四艘に分けて運んでいた小太郎は、隊列の先頭を行く荷船の舳先に立ち、舟が多く集まる佃島のあたりを警戒していた。

ほとんどが漁師の舟だが、中には、ちらほらと猪牙舟もいる。

一昨日(おととい)襲ってきた川賊は、猪牙舟に乗る武家を装い、すれ違いざまに鉤縄を投げて引き落とす手口を使った。

だからといって、いつも同じ手口とは限らない。油断は禁物だ。近づく舟はすべて疑えと言ってあるので、後ろに続く連中も、絶えずあたりを警戒している。

小太郎は、手を伸ばせば届くほど近くを並走している荷船に顔を向けた。

手伝ってくれる役人が気付き、顎を引く。

一刀流(いっとうりゅう)の免許皆伝だという真下史郎(ましたしろう)とは、品川で定宿としている船宿で知り合い、五年の付き合いだ。小太郎の荷船が襲われたと知り、同輩を誘ってわざわざ店まで来ると、用心棒をすると言ってくれた。

ただではないが、正体が分からぬ虎丸を用心棒にするよりは、よほど心強い。

程なく前方から、一艘の小舟が近づいて来た。漁師の物らしく、尻端折りに素足を出し、竹の皮笠を着けている男が二人乗り、舟を漕がぬ者はこちらに背を向け、吊るしている魚網の手入れをしていた。

漁師の舟は、真下史郎が乗る荷船の左側をすれ違おうとしている。男たちは、刀を帯びている史郎にぺこりと頭を下げた。

史郎が応じて前を向いたのを見た漁師が、網から手を離し、船底にしゃがむ。立ち上がると同時に腕を振るい、鉤縄を投げた。

見ていた小太郎は、危ない！　と叫んだが、舟を漕いでいた秀の肩に食い込んだ。

「うわあ！」

強い力で引かれた秀が川に落とされ、飛沫が上がる。

小太郎が、舟を漕いでいる信に叫ぶ。

「賊が出やがった！　戻れ！」

漕ぎ手の秀が落とされたことで、荷船は離されている。信は舳先を転じようとしたが、そうやすやすとは回らない。

小太郎が見ているうちにも、鉤縄を投げた男が荷船に乗った。

史郎が抜刀し、刀を構えた。

た。

だが、川賊の男は薄い笑みを浮かべ、舟を大きく揺らした。

舟に慣れていない史郎はよろめき、酒樽を留めている縄をつかんでなんとか堪えた。

だが、その隙を川賊が見逃さない。

小舟に残っていた仲間が竹棹を振るい、史郎は頭を打たれた。

気絶して倒れた史郎のところに賊が行き、つかんで川へ落とそうとしている。気絶しているので、溺れ死んでしまう。

「させるか！」

叫んだ小太郎が、鳶で荷船を引き寄せ、飛び移る。

川賊が立ち上がり、刀を持って斬りかかった。

小太郎は鳶で受け止め、力で押し返す。

酒樽に背中をぶつけた川賊が、ふたたび斬りかかろうとしたが、小太郎は鳶で足を払った。

川賊は船縁に倒れかかり、頭から川に落ちた。

小舟の仲間が口笛を吹いた。すると、荷船だと思って見ていた船に八人が座り、櫂を出して漕ぎはじめた。巧妙に偽装された、川賊の早船だったのだ。しかも、遠くから別の早船が近づいて来る。二艘いたのだ。

小太郎は、舌を打ち鳴らし、史郎をつかんで起こした。

「おい！　しっかりしろ！」

目を開けた史郎は、川賊が来ることを告げられると、頭を振り、なんとか立ち上がった。

そこへ、川賊の早船が体当たりする。

大きな揺れによろめいた史郎が川に落ちそうになり、船縁にしがみついた時に刀を落としてしまった。

その背後に、一人の川賊が乗って来た。

抜刀して振り上げ、小太郎に斬りかかろうとした男の胸に、唸(うな)りをあげて飛んで来た竹棹が当たった。

呻いた川賊が、頭から川に落ちた。

小太郎が振り向き、目を見張る。

「虎丸様！」

「頭！」

謙の声に顔を向ける。よく見れば、自分の早船だった。二艘いると思っていたが、虎丸が駆けつけていたのだ。

「助けに来たで！」

虎丸は小太郎に言い、鋭い眼差しを川賊に向けたまま、舵を取っている謙に言う。

「賊の舟に寄せえ！」

「へい！」

謙が舳先を転じ、漕ぎ手が勢いを増す。

虎丸は数歩下がり、その時を待つ。船がさらに近づくと、走って飛び、川賊の船に乗り込んだ。

その跳躍力に、謙たちが驚いている。

虎丸は、息を呑む川賊どもを見回す。

「悪げな顔をしとるのう。覚悟せえよ」

賊は顔を見合わせたが、うなずき合い、襲って来る。

虎丸は二刀の小太刀を抜き、斬りかかった賊の刀を右の小太刀で受け、左の小太刀で横腹を峰打ちした。

呻いて下がる賊の胸を蹴り、仲間のところへ飛ばした。

別の賊が叫び、斬りかかった。

横に一閃された刀を右の小太刀で受け止めた虎丸は、左の小太刀を振るう。

手首を打たれた賊が呻き、ひるんだ。虎丸はその者を舟から蹴り落とし、小太郎に言う。

「わしが賊を相手にしとるあいだに逃げぇ」

虎丸の気迫に、小太郎は何度もうなずく。

虎丸は川賊を睨む。

川賊どもは、刀を構えて下がる。

虎丸が前に出ようとした時、

「そこまでだ！」

賊どもの背後で、大声がした。

虎丸は足を止めた。

「なんじゃい！」

怒鳴る虎丸の目に入ったのは、虎丸が乗ってきた早船の漕ぎ手に刀をつきつけている川賊と、短筒を向ける男だ。

「得物を捨てろ。漕ぎ手を殺すぞ！」

虎丸は狙いを定められた。

目の前に死を突き付けられた虎丸の頭に浮かんだのは、廊下に正座していた竹内の顔だ。

「お前には訊くことがある。大人しくするなら殺しはせぬ」

短筒を持つ男が、頭の切れそうな顔でそう言った。

自分を信じてくれた竹内や五郎兵衛たちのためにも、ここで死ぬわけにはいかない。

だが、今のままでは謙たちの命が危ない。

虎丸は、短筒を向ける男に言う。

「手下を早船から引かせろ」

「お前が先に刀を捨てろ」

「言うとおりにしたら、他の者に手を出すなよ」

「おう」

虎丸は、両手の小太刀を落とした。

拾った川賊が、虎丸の首に腕を回して締め上げ、腰に切っ先を当てた。わずかに刺さり、虎丸は顔をしかめる。

　別の川賊が手をつかみ、手早く縄で縛った。

「早く引かせろ」

　虎丸が言うと、短筒を持つ男が腕を振るう。応じた手下が、早船の漕ぎ手から刀を引き、仲間の舟に戻った。

　離れた荷船から、小太郎が叫んだ。

「虎丸様！」

「そのまま行け！」

　謙が早船の舳先を向けてきたので、虎丸が叫ぶ。

「来るな！」

　だが謙は、小太郎に手招きされて荷船に寄せた。小太郎が乗り移り、助けに来ようとした。

「お頭、船手方が来ます」

　川賊の手下が言うや、頭と呼ばれた短筒を持つ男が、顎を振って指図した。

　騒ぎに気付いてこちらに向かう船手方の御用船に気付いた川賊は、虎丸を乗せたまま逃げはじめる。

追う小太郎に、短筒が火を噴く。

しゃがんだ小太郎が立ち上がったので、虎丸は安心して叫んだ。

「頭！　逃げえ！」

「黙れ！」

声がしたと同時に、背後から頭に麻袋を被され、船の中に引き倒された。

逃げる川賊の早船に追いつけない小太郎は、虎丸の名を叫んだ。

声が海風に流され、川賊の早船は遠ざかっていく。やがて、江戸湾に停泊する大船の陰に消え、どこにも見えなくなった。

# 第四話　明日をも知れぬ命

## 一

舟が岸に着いた。何人か立ち上がって降りたので揺れ、木が擦れる音がする。

ここまで虎丸は、舟の中でうつ伏せにさせられ、筵で隠されていた。

途中、船頭の舟唄が幾度か聞こえた。すれ違う舟が多いのは、櫓をこぐ音や話し声で分かっていた。

川賊の手下が、隠れ家まで連れて行かず、人気のない河原で調べたらどうかと言ったが、頭は応じなかった。

その時から虎丸は、生きて戻れない不安が芽生えていた。川賊はいったい、自分に何を訊きたいのだろうか。そう思うと同時に、信じて出してくれた竹内の顔が目に浮かび、申しわけない心持ちにもなっていた。

五郎兵衛は今、どのような気持ちで帰りを待っているだろう。

明日の昼の八つまでに戻らなければ、終わりだ。ここで殺されたら、自分に御家と家来たちの未来を託した定光に、あの世で詫びなければならない。

生をあきらめかけている自分に気付き、虎丸は悔しくなった。人を傷つける盗っ人などに、殺されてたまるか。

船着き場を走る足音がして、誰かが舟に乗って来た。すぐに筵をはがす。

「立て」

二人がかりで腕を引かれた虎丸は、麻袋を被されたまま舟から降ろされ、歩かされた。

緩やかな坂をのぼり、何度か曲がった先で、入れ、と言われた。

戸口の敷居につまずいたが、両脇を抱えた手下どもが荒々しく中に入らせ、柱に背中を押しあてた。縄で柱に胴巻きされて縛り付けられ、麻袋と頭巾を取られた。

土間はかび臭く、障子は破れて外が見えている。縁側の高さまで雑草が伸びているので、朽ちた空き家のようだ。

短筒で虎丸を脅して捕らえた男が近づき、左頰に手を当てた。

「可笑しな日焼けをしている。目の下のあざは、喧嘩でもしたのか」

「…………」

だんまりか、と言った男が離れ、腕組みをして見つめる。

「なかなか、高貴な顔をしているな。着物は無紋だが、生地は上等だ。先ほどお前が見せた動きは、これまでおれが相手にしてきた船手方の連中とは別物だ。お前の技は紛れもなく、舟で戦うためのもの。そうであろう」

この男の言うとおりだ。

村上流奥義の双斬は、戦国の世に、船上で戦うために編み出された小太刀の二刀流だ。

江戸の船手方は、どのような技を使うのか知らないが、虎丸の動きを冷静に見極めるこの男は、ただの盗っ人ではなさそうだ。

「お前、何もんじゃ」

虎丸が口を開くと、手下が即座に腹を殴った。

息ができず、呻く虎丸に、手下が言う。

「頭が訊いたことに答えやがれ」

虎丸は顔をしかめ、頭を睨む。

「お前が言うとおり、船上で戦うための剣術じゃが、それがなんじゃい」

「やはり、おれの目に狂いはなかったか。あの技は初めて見た。お前、公儀の者であろう。誰の命で荷船に乗っていた」

虎丸は、思いもしない問いに困惑した。

「何よんじゃ。わしは公儀のもんじゃない。芸州の浪人じゃ」

「芸州弁をしゃべってごまかそうとしても無駄なことよ。言え、公儀は我らのことを、どこまでつかんでいる」

決めつけている。

虎丸は、このままでは殺されると思った。

「わしは公儀のもんじゃない。武蔵屋に恩があるけえ、酒を運ぶ手伝いをしよっただけじゃ」

いきなり、横から顔を殴られた。左の頬がじんとして、頭がくらっとする。

信に殴られたあざが消えないうちに殴られたので、すぐに腫れた感じがした。

殴ったのは、大柄の男だ。憎々しい顔をしている。

頭が、どけ、と言って、大柄の男をどかせ、正面に立つ。

「若い者は気が短いので困る。痛かったか」

頬をさするのでそむけると、顎をつかまれ、前を向かされた。

「腫れがひどいな。女にもてない顔にされる前に、正直にしゃべったほうがいいぜ」

「嘘じゃない。わしは、公儀のもんじゃない。芸州の――」

言い終えぬうちに、今度は頭に右の頰を殴られた。

「なめるな！」

もう一発殴られた時、見舞いのことが頭に浮かび、虎丸は焦った。

「顔を殴るのはやめてくれえ。大事な用があるけん」

四人の賊どもは顔を見合わせた。

「こいつ、何言ってやがる」

頭が言うと、皆が笑った。

頭は、手下が持っていた虎丸の大刀を手にし、抜刀した。

因島の刀工・芸州正高の小太刀をしばし眺め、切っ先を虎丸の鼻先に突き付ける。

「いい刀だな。切れ味もよさそうだ。峰に傷があるだけで、刃こぼれ一つない。人を斬ったことがないのか」

「ない」

「お前、歳はいくつだ」

「十八じゃ」

頭が小太刀を鞘に納め、手下に渡して調べを続ける。

「公儀の隠密組には、侍のように大刀を使わず、己が身に着けた技を生かす武器を使う連中がいると聞く。舟の上では、時に大刀は邪魔だ。おれが、こいつを頼るようにな」

懐から短筒を出し、虎丸の胸に向ける。

「舟の戦いに優れた技を使うお前が武蔵屋の舟に乗っていたのは、恩を返すためだと言ったな」

「ほうよ」

「だが、昨日までお前は、武蔵屋にいなかった。急に現れるのは妙だ。公儀の犬であろう。言え、公儀はどこまで、おれたちのことをつかんでいる」

「なんべんも言わせんでくれ。わしは、芸州の浪人じゃ。武蔵屋のあるじは、昨日の朝、舟で流されとったわしを助けてくれたんじゃ。お前ら、盗んだ荷船を川に捨てたことに覚えがあるじゃろ。わしは犬に追われて、その荷船に逃れたんじゃが、漕ぐ道具がなかったけえ、大川を流されて危うく海に出るところを、助けられた。武蔵屋は命の恩人じゃけえ、今日はその恩を返すために、乗っとったんや」

「命の恩人か」

頭が顎で指図すると、大柄の男が、右の頰に三発目を食らわせた。

顔をしかめた虎丸は、血の味がする唾を吐き捨て、頭に言う。

「ほんまじゃけ、信じてくれ」

もう一発殴られ、虎丸は気を失った。

すぐに水をかけられ、顔を振った虎丸は、頭を睨んだ。

「なんぼたたかれても、わしは公儀のもんじゃないけ、知らんものは言えん」

手下が拳を振り上げた。

さらに二発殴られたところで、虎丸は、がっくりと首を垂れた。水をかけられたが、うな垂れたまま、薄目で自分のつま先を見た。

「起きやがれ！」

手下が怒鳴り、顎をつかんで顔を上げた。

つかんだ手に力を込められ、虎丸は呻いた。

「嘘じゃない。わしは、芸州の浪人じゃ」

「まだ言いやがるか」

腹を殴られ、顔を殴られた虎丸は、歯を食いしばった。頭の中は、葉月家のことでいっぱいだ。この顔じゃ、筑前守にばれてしまう。もうおしまいだ。

そう思い、がっくりと首を垂れた。

それを見た頭は、気を失ったと思ったのか、手下に言う。

「そのへんにしておけ。呑華を奪えなかった穴を、この男に埋めてもらう」

大柄の男が訊く。

「何をするおつもりで」

「知れたこと。この男を餌に、武蔵屋から二千両ふんだくってやるのよ」

「どうやってです」

「武蔵屋小太郎は情が厚い男だ。増してこいつが公儀の者だとすれば見捨てられんだろうから、殺すと脅せば、金を出すはずだ」

「いや、頭、そいつは賛同できやせん。武蔵屋が船手方に助けを求めたら、面倒なことになりやすし、金を受け取りに行った時に、捕まっちまう」

「受け取りは、金に困っている者を雇えばいい。貞助のように博打(ばくち)の借財で困っている野郎は、賭場(とば)にいくらでもいるだろう」

「頭、危ないことはよしましょう。こいつはとっとと殺して、明後日(あさって)に来る荷を襲いましょう。あっちは、呑華より儲(もう)かりますから」

「貞助が言っていた、しめて五千両になるという、長崎からの品か」

「へい」

大柄の男に続いて、手下たちもそのほうがいいと言ったが、頭は首を縦に振らなかった。

「長崎からの品は当然いただく。だが、二千両もあきらめねぇ。合わせて七千両だ。狙った金は必ず手に入れる。どんな手を使ってもな」

「しかし、人質で金を取るというのは……」

気乗りしない手下が言った時、戸口から別の手下が入ってきた。

「頭、貞助の野郎が来たのでこいつのことを訊きましたら、どうやら、おれたちが捨てた舟で流されていた、間抜け者らしいです。公儀の犬じゃなさそうですぜ」

頭が舌打ちした。

「貞助の野郎は、確かにそう言ったんだな」

「へい。武蔵屋の者が盗まれた荷船を探していた時に、偶然見つけたそうです」

虎丸が気を失っていると思っている頭は、眼差しを向けてため息を吐く。

「こいつが言っていたことはほんとうだったのか。とんだ思い違いをしたようだ。公儀の者じゃないなら、こいつを餌に金は取れねぇかもな。ここまで連れて来て損したぜ。貞助はどこにいる」

「表で、お頭に直にお伝えしたいことがあると言って待っておりやす」

「呼べ」

「へい。おい貞助、入れ」

呼ばれた貞助が、おずおずと入ってきた。柱に縛られ、気を失っている虎丸を見て、痛そうな顔をする。

「貞助、一昨日はようやった。武蔵屋にもう用はねえ。ここに残って、明後日の仕事を手伝え」

「それが頭、耳寄りな話がありやす」

「なんだ」

「武蔵屋には今朝、富士屋に弁償するために用立てた金が運び込まれました」

「ほおう、いくらだ」

「千両は、あるかと」

「富士屋には、いつ払う」

「明日、荷船の代金を受け取りに行く時に払うそうです」

「何ゆえ今日ではなく、明日なのだ」

「小太郎は、呑華を運び終えたらこちらのお侍を捜すと言っておりやしたので、金のことは後回しになったようで」

「金より人の命か。小太郎らしいのう」

「どうしやす。お侍が見つかるまで戻らねえと言ってましたんで、このままだと、夜は店に、妹と女中たちだけですぜ」

「そいつは、旨い話だな。人質など使わなくとも、手っ取り早く金が手に入る」

「小太郎の妹は器量よしだ。教えてさしあげた褒美にくださいよ」

「貞助、小娘を攫うのも、殺すのもなしだ。それがわしらの掟よ。ふんじばって金だけいただく。いいな」

頭にじろりと睨まれて、貞助は渋々従った。

くそ野郎が。

虎丸は、そうこころの中で叫んだ。気を失ったふりをして、すべて聞いている。

貞助は昨日、富士屋にいた船頭だ。小太郎を裏切り、襲われたふりをして呑華を川賊に渡しておきながら、ぬけぬけと様子を探っていたのだ。

頭が言う。

「その金を、今夜いただく。いいな」

「へい」

「こいつはどうしますかい」

手下の誰かが言った。

それに続き、今殺して魚の餌にしようと言ったのは、大柄の男だ。頭は、まあ待て、と言い、腕組みをした。

「我らの邪魔をした罰を与える。今夜武蔵屋に行く時に連れ出し、生きたまま淵に沈めてやる」

「そいつはいいや」

応じた手下が、虎丸に唾を吐いた。

頭が言う。

「まだ日が高い。夜の仕事に備えて、一杯やって休むぞ。おい、お前、見張っていろ」

頭と手下どもは、見張りを一人残して家から出ていき、草地の向こうにある別の家に入った。どうやら虎丸が連れて来られたのは、隠れ家と同じ敷地にある離れのようだ。川賊どもは、家人が絶えて荒れた屋敷を隠れ家にしているのだろう。

離れの表まで見送りに出ていた若い男がきびすを返したので、見ていた虎丸は首を垂れた。戻った手下が、怒気を含んだ息を吐く。

「ちっ、とんだ貧乏くじだ」

苛立ち、虎丸の正面にある板の間の上がり框に腰かけると、仰向けになった。

長楊枝を噛んでいるらしく、顔の上で左右に動いている。

薄目を開けて見ていた虎丸は、胸を縛っている縄を気にした。手首も縛られているが、こちらは指が自由なので、柱に縛り付けている縄を触ることができる。

虎丸の頭に、村上信虎の顔が浮かんだ。あらゆる戦いに備えるため、厳しく鍛えてくれたおやじ殿に礼を言わねば。

胸を縛っている縄に力を込めた時、朽ちた柱がきしんだ。

男が首をもたげて見てきた。

虎丸は、首を垂れている。

だが男は身体を起こし、立ち上がって歩み寄った。

柱を手で押した時、虎丸のうなじに埃が落ちてきたが、柱が倒れないことを確かめた男が、虎丸の顔を下からのぞき込んできた。

「ひでえ顔にされたもんだ」

せせら笑ったので、虎丸は腹が立ったが、目をつむり、身体の力を抜いたままだ。

男は元の場所に戻り、仰向けに転がった。

こんなところで死んでたまるか。早く小太郎に報せないと。

虎丸は手下を睨み、ふたたび手を動かした。

顔をしかめ、縄を解こうとしていると、戸口から若い手下が入ってきた。

虎丸は手を止め、気を失っているふりをする。

「おい文次、こいつを沈めに行くぞ」

横になっていた手下が、跳ね起きる。

「なんだと？」

「お頭の気が変わったのよ。生かしておいちゃ夜まで安心して眠れねぇから、とっとと始末して来いとさ」

「やな役目だね」

「文句を言うな。手伝え」

文次と呼ばれた手下が舌打ちをした。

虎丸が、手下を睨む。

「わしを、殺すんか」

手下がぎょっとした。

「なんだ、目をさましやがったか」

「殺すんか」

「おうよ」

「だったら、生きたまま沈めんこう、一思いにやってくれ」

文次ではないほうの手下が、虎丸の前に立った。険しい顔で言う。

「だめだ。頭の命には逆らえねえ。邪魔をした分、苦しんで死ねだとよ」

言い終えると、腹を殴ってきた。

苦しむ虎丸の胸の縄を解いて柱から外した手下は、両脇をかかえ、文次に足を持てと指図した。

二人で虎丸を運び出し、船着き場に行くと、猪牙舟に投げ込んだ。

背中と腰を打ち、虎丸は顔をしかめる。

手下は石を抱えて乗り込み、縄を巻くと、虎丸の足首を縛っている縄に繋げた。

「出せ」

応じた文次が舳先を押し、川をくだりはじめた。

「おい、考え直せ。なんの得があるんや。わしとえっと変わらん歳じゃろう。今からでも遅うない。このままわしを逃がして、こころを入れ替えて人生やり直せ」

二人の若者は顔を見合わせ、鼻先で笑った。

文次が言う。

「このくそみたいな世の中、真面目にやっても損をするばかりだ。おれたちは頭の下で、楽しく生きられりゃそれでいい。お前も、恩など返そうと思わず、自分のためだけに生きてりゃ、長生きできたんだ。今からおれらの仲間になるってなら、引き返して頭に言ってやるぜ」

「わしを舐めるな。命欲しさに、悪党の仲間になどなるか」

「じゃあ、今日で終わりだ」

程なく、文次は舟を止めた。

二人はあたりを見回し、虎丸の手足をつかんで持ち上げ、左右に振って勢いをつけ、あばよ、と言い、なんのためらいもなく手を離した。

深緑に淀む淵に落とされた虎丸の身体は、石に引かれて沈んでいく。

泡が消えるまで見ていた文次が、

「馬鹿な野郎だ」

唾を吐き、舳先を転じて帰って行った。

息を止めて舟が去るのを待っていた虎丸は、村上のおやじ殿に仕込まれた、縄抜けの技を使った。

虎丸は手を縛られる時、ばれないよう外に力を込めていた。賊の手下はそのことに気付かず縄をかけていたので、力を抜けばわずかだが、緩みが生じる。縄抜けできるかできないかは、そのわずかな緩みで決まる。

虎丸は、水の中で左右の手を交互に動かした。緩みが生じていると、それだけでどんどん緩くなっていく。そして程なく、縄から手が抜けた。

手は相手を騙せても、足に繋がれた石は、そうはいかない。縄を解きにかかるが、きつく結ばれているのでなかなか解けない。

息が苦しくなってきた。

焦らず、手探りで結び目を解いて石を外し、川面を目指して泳いだ。

顔を出して大きく息をした虎丸は、あたりを見回した。川舟も人もいない。

河原を見つけて泳いだ。

浅瀬まで行くと、水の中で座り、両足を縛っている縄を解いて捨てた。

顔が痛い。

両手でそっと触れてみる。顔がひどく腫れているように思える。口の中も傷だらけだ。

腹が立つが、また奴らに捕まれば命はない。このまま逃げるか。

立ち上がった虎丸は、川から上がり、土手の道を川下に歩んだ。ここはいったいどこだろう。見渡す限りたんぼと畑で、霞む彼方に、集落が見える。西の彼方の稜線に日が沈みかけ、夜が迫っていた。

今も、小太郎たちは自分を捜しているのだろうか。早く武蔵屋に戻って、金を狙われていることを報せたいと思っても、自分がどこにいるのかも分からない。

このままでは、賊どもが武蔵屋を襲う。もしも番頭の清兵衛が残っていれば、命はない。

貞助め。

奴はどういう心持ちで、富士屋で小太郎と酒を飲んだのか。

腹の中で、笑っていたに違いない。

人を裏切る奴が大きらいな虎丸は、反吐が出そうなほど腹が立った。

虎丸は、川下に歩いていた足を止めた。

「やっぱり、このままにはしとけん」

拳に力を込めた虎丸は、きびすを返し、川賊の隠れ家に向かった。

二

日はとっぷりと暮れ、町の木戸はあと四半刻（約三十分）で閉まる。

葉月家の家老部屋で書類に目を通していた竹内は、廊下に座る気配に顔を上げた。

「六左か」

「はい」

「戻られたか」

「いえ、まだにございます」

竹内はため息を吐いた。

「用はなんだ」

「手の者が、武蔵屋を調べてまいりました」

「若殿の寝所で待て」

「はは」

六左が去って程なく、竹内は書類を手箱に戻し、寝所へ向かった。頭を下げる見張りに顎を引き、寝所に入った。

六左の前に正座し、真顔を向ける。

「虎丸殿は、武蔵屋にいるのか」

六左は、小声で告げる。

「分かりませぬ。ただ、手の者の調べでは、武蔵屋の男たちは皆出払い、未だに戻らぬそうです」

「何かあったのか」

「近所の者に確かめたところ、恩人を捜しているようだとか」

「その恩人とは、虎丸殿のことではあるまいな」

「捜しているほうなのか、捜されているほうなのかは分かりませぬが、お戻りにならぬのは、関わっておられるからかと」

「明日の八つまでに戻られなければ、葉月家は終わりだ。何があったのか、引き続き調べろ」

「かしこまりました」

六左は頭を下げ、夜の町へ出ていった。

黙って聞いていた五郎兵衛が、膝を進める。

「それがしもまいります」

「ならぬ。家中の者が、我らの様子がおかしいことに気付きはじめている。残った者で、ここに誰も近づけぬようにいたさねば、明日の見舞いどころではなくなるぞ」

「承知しました」

何もできず、もどかしそうな五郎兵衛に、竹内が言う。

「虎丸殿は、帰ると約束されたのだ。信じて待つしかない」

「はは」

見張りに戻る五郎兵衛を目で追った竹内は、大きな息を吐き、虎丸がいない布団に眼差(まなざ)しを向ける。

「どこで、何をしているのだ」

三

「頭、支度ができました」

手下に呼ばれた川賊の頭は、おう、と返事をして、大刀を帯に差して家から出た。

裏の船着き場に出ると、手下どもが舟で待っていた。

虎丸を淵に沈めた二人の若い手下が外で待っていたので、頭は、文次の肩に手を置き、頬を軽くたたいた。

「人を殺して、いい面構えになったのではないか。ええ、文次」

文次は嬉しそうな顔をした。

頭はもう一人の手下にも同じことを言い、厳しい顔をする。

「武蔵屋では、顔を見られないように気を付けろ。もし見られたら、その時は仕方ない。女も容赦なく殺せ」

「へい」

「よし、行くぞ」

頭は、船着き場のきしむ板を踏んで舟に乗り、舳先に立つと、闇の川を見ながら命じる。

「出せ」

「へい」

船着き場にいた文次が舟を押して離し、飛び乗る。

貞助が舵を取り、舟が暗い川に滑り出そうとした時、背後の土手から怒鳴り声がした。

「逃がすか！」

振り向いた貞助が、あっ、と、息を呑む顔に、黒い影が落ちてきた。

足で蹴られた貞助が舟から飛ばされ、川に落ちた。

代わって船尾に立つ黒い影に賊どもが振り向き、立ち上がる。

虎丸だと分かった文次が愕然とした。

「野郎、生きてやが――」

言い終えぬうちに顔を棒で打たれ、川に落ちた。

拷問された離れで見つけていた短い棒を、こいつは使える、と言って、くるりと回してにぎり直した虎丸は、鋭い眼差しを賊に向ける。虎丸の小太刀を腰に帯びている手下が、大刀を抜いて振り上げた。虎丸は無意識に懐に飛び込み、相手の腹を打つ。そして、小太刀の柄をにぎって抜刀し、奪い返した。

振り上げた大刀を落とし、腹を抱えてうずくまる手下の背中を片足で踏み、賊どもを睨む。

「おい悪党ども、武蔵屋に行かしゃあせんぞ。覚悟せえ！」

「野郎、生きてやがったのか！」

賊どもが気色ばみ、刀を構える。

舳先の頭が懐から短筒を出したので、虎丸は身軽に船縁に飛んで立ち、足に力を込めた。

二十人は乗れる舟が左右に大きく揺すられたことで、川賊一味が危うく落ちそうになり、船縁にしがみつく。

「てめえら何してやがる、殺せ！」

怒鳴る頭に応じた手下が立ち上がり、刀を振り上げて迫る。

虎丸は、揺れる舟の反動を利用して飛び、斬りかかってきた手下の一撃をくるりと回ってかわすや、手下の背後に降りて腕を振るい、棒で頭を打ち据えた。

「うっ」

気絶して川に倒れそうになる手下の襟首をつかんだ虎丸は、舟の中に引き倒した。

仰向けに倒れた仲間を踏み越えた手下が、虎丸に迫る。

「やあ！」

胸を狙って突き出された刀を、虎丸は左足を引いて背を反らしつつかわす。着物を刀の腹が擦るほど、間一髪だ。

攻撃をかわしながらも、相手から目を離さない虎丸は、刀を引き、ふたたび突いてきた賊の切っ先を左手の棒で受け流し、右の小太刀で膝を峰打ちした。

悲鳴をあげ、膝を押さえて倒れた賊の頭を棒で打ち、気絶させる。

その隙を逃さない別の手下が、片膝をついている虎丸の頭上で刀を振り上げた。

気付いた虎丸は下から棒を振り、股間に食らわす。

「おっうっ」

両足を浮かした賊が刀を落とし、股間を押さえてエビのように丸まり、顔から倒れて悶絶した。

頭を守って舳先に寄っている手下の一人が、虎丸の小太刀を仕込んだ大刀を帯に差している。その手下は、柄をにぎって小太刀を抜き、虎丸の真似をして右足を出して姿勢を低くし、小太刀の切っ先を胸に向けて構えた。

手下の心情を見抜いた虎丸が言う。

「悪げな顔をしとるが、斬り合いは苦手なんじゃろう。無理をすな」

「だ、黙れ！」

右手の小太刀を左右へ振り、闇雲に突進してきた。

「おら！」

突くと見せかけて振り上げ、片手斬りに打ち下ろされた。

かわした虎丸が、棒で小手を打つ。

小太刀をたたき落とされた手下は、慌てて懐に手を入れて匕首を抜こうとしたが、虎丸に棒で頭を打たれた。

「いっ」

奇妙な声を吐いて白目をむいた手下が、膝をつき、船縁によりかかって気絶した。

三人の手下が、揺れる船上で見せる虎丸の剣技に息を呑み、舳先に下がった。

「そこをどけ！」

舳先から頭の声がすると、三人の手下が左右に分かれた。

頭が短筒を向ける。

虎丸は咄嗟に、左手の棒を投げた。

顔に当たった頭が呻いてよろめき、短筒が火を噴く。狙いがそれた弾が、手下の肩をかすめた。

悲鳴をあげて伏せる手下の向こうから、頭が短筒を投げてきた。

小太刀でたたき落とした虎丸が、猛然と出る。

頭を守ろうとする手下が刀を振り上げたので、虎丸は懐に飛び込み、腹を峰打ちした。呻いて腹を抱える手下の後ろ首を峰打ちし、気絶させた。

頭を守って次に立ちはだかったのは、廃屋で虎丸の顔を殴った大柄の男だ。

虎丸に見開いた目を向け、櫂を両手でにぎると、獣のような声をあげて振りかざした。

真横に振るわれた櫂を、虎丸はしゃがんで頭上にかわす。

男は気合を吐き、重い櫂を軽々と振り上げた。

虎丸はその隙を突き、前に踏み込む。小太刀で下腹を打ち払い、伸び上がって後ろ首を打つ。

立ったまま気絶した男が、櫂を落とし、顔から倒れた。

一つ長い息を吐いた虎丸は、舳先に立つ頭に眼差しを向ける。

頭は右足を前に出し、大刀を抜いた。

虎丸の喉(のど)に切っ先を向ける構えは、隙がない。

「お前、侍じゃろう」

訊く虎丸に、頭はほくそ笑む。

「いかにも。おれに刀を抜かせたのは、お前の間違いよ」

猛然と出た頭が、刀を打ち下ろす。

速い。

虎丸は飛びすさったが、はだけていた着物の胸元が割れた。下がりつつ、落ちていた自分の小太刀を拾い、対峙(たいじ)する。

揺れる舟の上で、頭が構える刀の切っ先は虎丸の喉に向けられたままだ。

対する虎丸は、両腕をやや下げ、二刀の切っ先を相手の胸に向けている。

下段の構えに変えた頭が、片手で斬り上げてきた。

虎丸は身を引いてかわす。

頭は振り上げた刀を転じ、一歩踏み込んで鋭く斬り下げた。

太刀筋の速さに、虎丸は二刀で受け止めるのがやっとだった。

引いて間合いを空けた頭が、またほくそ笑む。

「小僧、人を斬るのが怖いか。受けてばかりでは、おれに勝てぬぞ」

「わしは、人を斬らん」

「そうか。ならば死ね」

頭は言うや、切っ先を右後方に回し、身体で隠した。そして、猛然と踏み出す。

勝負は一瞬で決まった。

虎丸は、横から鋭く一閃(いっせん)された必殺の剣を両手の小太刀で受け流し、撥(ばち)で太鼓を打つように、頭の左肩を両刀で峰打ちした。

本来なら、敵を一撃で殺す双斬だ。峰打ちにより、左肩の骨が砕けた。

左手の力を失った頭が呻き、それでも、右手で刀を振るう。

虎丸は両刀で受け流し、つんのめった頭の後ろ首を、小太刀の柄頭で打った。

顔から船底にたたきつけられた頭は、右手をついて起きようとしたが、呻き声をあげて仰向けになり、顔をしかめた。

虎丸が訊く。

「なんで川賊になんかなったんや。貧しさに負けてしたんか」

「ふん。金がある者が、盗みなどするか」

「食うためか。遊ぶためか」

頭は、答えようとしない。

虎丸がさらに訊く。

「お前、誰かに仕えとるんか。それとも、浪人か」

「…………」

「まあええ。悪いことは悪い。観念せえよ」

虎丸は頭の刀を川に捨て、悪事に使うために載せられていた縄で手足を縛って自由を奪った。手下たちも同じように縛り上げ、竹棹をにぎって舟を操り、船着き場に戻した。

杭に舟を繋げる虎丸を見ていた頭が、口を開く。

「どうせ捕まるのだ。最後に教えてくれ。お前は、何者だ」

「わしは、公儀のもんじゃない」

虎丸はそう言うと川に入り、猪牙舟にもたれかかって気を失っている貞助の手足を縛り、担いで舟に連れて行った。

川に落ちたもう一人の手下は逃げ去ったが、小物に構っている暇はない。こうして、川賊一味を捕らえた虎丸は、隠れ家から麻袋を持って戻ると、川賊どもの顔に被せて視界を奪った。

「大人しゅうしとけよ」

そう言うと、二十人は乗れる大きな川舟を一人で操り、夜の川へ滑り出た。

四

舟を進めても、先は暗闇が広がっているばかりだ。ここがどこなのかさっぱり分からないが、川下に向かえば永代橋に行きつけるのではないかと思い、虎丸は舟を漕ぎ続けた。

月明かりに見える景色はただだっ広いだけで、家がない。

江戸に戻れるのか不安に思いつつ舟を進めていると、やがて、大きな川に出た。

これは、大川だろうか。

虎丸は、頭に訊く。

「大きな川に出たが、大川か」

「知らんな」

訊いた自分が馬鹿だった。

周囲に町は見えない。それでも虎丸は、ここが大川であってくれと願いつつ、流れに沿って舟を進めた。暗い川下に目を凝らしながら大きく曲がった時、遠くに小さな明かりが見えた。

川舟が、舳先に提灯（ちょうちん）を付けているのだ。

あの舟を止めて訊こうと思っていると、二つに分かれ、三つになった。

「狐火……。のわけないか」

ゆらめいて見えるのは、川風に提灯が揺れているのだ。

さらに舟を進めると、櫂を漕ぐ音が聞こえてきた。微（かす）かに、調子を揃える声もする。

川賊の仲間ではないかと不安になった虎丸は、舳先を転じて、離れようとした。

「お頭！　舟がいます！」

突然声がしたのは、虎丸が舳先を向けた左側の、明かりがない川だ。驚いた虎丸が、声がしたほうを見ると、提灯に明かりが灯された。火をつけずに来ていたのだ。

　川賊に違いない。

　虎丸は、舳先を転じて逃げようとしたが、舟から声がした。

「船手方だ！　そこの舟！　止まれ！」

　虎丸は、安心して肩の力を抜いた。と同時に、役人に顔を見られるのはまずいと思った。

　囚われていた土間に落ちていた自分の頭巾は、拾って袂に入れている。だが、袴を脱ぎ、尻端折りをしたままの姿で広島藩士だと言って、信じてもらえるだろうか。

「止まらぬか！」

　怒鳴られた。他の三艘も寄せて来ている。

　虎丸は迷った末に、頭巾を被った。

　舟を止めると、船手方が左側に着け、役人が十手を向ける。そして、縛られて芋虫のように動いている川賊たちがいることに気付き、見開いた目を虎丸に向けた。

「お前、人攫いか！」

「違う。こいつらは川賊ですけん」

「何、川賊じゃと」

「はい」

「嘘を申すな。顔を隠しているお前のほうがよほど怪しい。神妙に覆面を取れ」

「いや、それだけは勘弁してください。人に見せられる顔じゃないけん」

「黙れ。取らねば捕らえる！」

「それだけは、どうか」

虎丸は、川に飛び込んで逃げようかと思った。右側から寄せていた舟から声がしたのは、その時だ。

「虎丸様じゃないですかい！」

声に覚えがある。虎丸は、近づく舟に顔を向けた。

「小太郎殿か！」

「やっぱり虎丸様だ。おいみんな、いなすったぞ！」

役人が小太郎に顔を向ける。

「捜していた者に間違いないのだな」

「へい！」

小太郎の声に顎を引いた役人が、虎丸に訊く。

「おぬし、川賊をどうやって捕まえた」

「ぶちのめして、縛り上げました」

「一人で捕らえたのか」

「ほうです！」

「ははあ、おぬしやるな」

「舟で戦うことは慣れとります。舟ごと賊をお渡ししますんで、お二人の手柄にしてくださいや」

役人は、同輩と顔を見合わせて笑みを浮かべ、年長の役人が虎丸に訊く。

「武蔵屋から、おぬしはこ奴らに攫われたと聞いておるが、どうやって逃げた」

「拷問されて、川の淵に生きたまま沈められましたんで、その時に逃げました」

「せっかく逃げたのに、川賊のところへわざわざ引き返したのは何ゆえだ」

「武蔵屋に押し込んで千両箱を盗む相談をしとったんで、隠れ家に引き返してぶちのめしちゃろう思うて」

小太郎が割って入った。

「虎丸様、あっしの金を守るために、命をおかけになられたので」

「金じゃあない。妹が店に残っとると聞いたけえよ。命の恩人を悲しませちゃいけん思うたら、身体が勝手に動いた」

小太郎が顔をくしゃくしゃにして、頭を下げた。横にいた信が、腕組みをして首をかしげた。

「妙だな」

小太郎が頭を上げて訊く。

「信、何が妙なんだ」

「川賊の野郎は、店に金があることと、お嬢さんが留守番をしていることをどうして知っているんです」

「言われてみりゃそうだ」

小太郎が、虎丸に顔を向けた。

「どうして知ったか、ご存じで？」

顎を引いた虎丸は、身を縮めている貞助の麻袋を取った。

「報せたんはこいつよ」

小太郎と信が目を見張った。舟にいる武蔵屋の連中から、どよめきと怒りの声があがるなか、小太郎が舟に乗り移り、貞助の胸ぐらをつかんだ。

「貞助、どういうことだ」

「す、すまねえ頭」

「どういうことかと訊いているんだ。答えろ！」

「女房が病になっちまって、薬代が欲しかったんだ。そんな時に誘われて、つい。許しておくんなさい」

「そうだったのか……」

信じる小太郎に、虎丸が言う。

「そんな奴の言うことを信じちゃだめで。こいつは、小太郎殿の妹を連れ去るゆうて、賊の頭によったけえの」

「なんだと」

信が言う。

「そうですぜ頭。貞助の女房は、ぴんぴんしてまさあ。昨日、青物市場で見ましたから」

「貞助、てめえ！」

「ほ、ほんとうだ。今朝、そう、今朝病に——」

「うるせえ！」

小太郎に顔を殴られ、貞助が呻いた。

「盗んだ酒はどうした！」

「おれは、知らねえ」

「知らねえわけねえだろうが！」

「ほんとうだ。おれはただ、小銭欲しさに手伝っただけだ」

「信じられるか！」

小太郎は拳を振り上げた。

「やめぬか！」

年長の役人が止めに乗り込んで来たので、小太郎は拳を下ろした。悔しそうな顔を向ける。

「下垣（しもがき）の旦那（だんな）、貞助の野郎はどうなりやすか」

「理由はどうあれ、金欲しさに賊の仲間になったんじゃあ、救いようがない」

貞助は、がっくりと首（こうべ）を垂れた。

下垣が虎丸に言う。

「頭はどいつだ」

「そいつですよ」

指差すと、役人が舳先に行き、顔の麻袋を取った。顔を見た役人は驚き、絶句したが、船尾にいる虎丸からは、役人の表情が見えなかった。

下垣が虎丸に振り向く。

「すまんが、こ奴らがいた隠れ家に案内してくれ」

「え、今から」

「そうだ。罰を与えるための、川賊である証(あかし)を手に入れる」

「こいつらも連れて、引き返すんです？」

「ここに置いて行くわけにはいかんだろう」

今何時(なんどき)だろうか。

返事をしない虎丸に、下垣が言う。

「船手方からの命令だ。逆らうことはできぬぞ」

小者たちが数名乗り移ってきて、船手方の舟に縄を投げた。どうやら、曳(ひ)いて行くらしい。

小太郎が近づいて言う。

「虎丸様、ここは従ったほうがいいですぜ」

「昼の八つまでには、どうしても帰らんといけんのじゃが」

「手間は取らせぬ」

下垣は強引だ。

小太郎が、虎丸を気づかって言う。

「下垣様、あっしも行っていいですか。用がすめば、虎丸様を舟でお送りしやすんで」

「うむ。いいだろう」

「それじゃ虎丸様、そういうことでよろしいですね」

役人には従ったほうがいいと小声で言うので、虎丸は顎を引いた。

下垣と船手方の舟に乗った虎丸は、舳先に立ち、覚えていた支流へ案内した。しばらく行くと、川賊の隠れ家が見えてきた。

船着き場に着くと、下垣は虎丸に舟で待てと言い、小者を連れて隠れ家に向かった。

横に着けてきた小太郎が言う。

「虎丸様、こいつは大手柄ですぜ」

「手柄なんかいらん。それより頭、わしを神田橋御門まで連れて帰ってくれ」

「ようございますよ」

「昼までに着くか」

「ええ、ここからだと朝には着きますよ」

「よかった。間に合う」

「何か、お約束でも」

「ほうよ。大事な大事な用がある。危ないところじゃった」

虎丸が安心して座ったのを見て笑みを浮かべた小太郎が、隠れ家の外にいる下垣に顔を向ける。

「下垣様、あっしらは一足先に帰りますぜ」

家の中にいる小者に指図をしていた下垣が、顔を向けた。

「すまんが、賊の舟を船手方の番所まで引っ張ってくれ。仲間が来るかもしれぬゆえ、我らが警護する」

「お安い御用でさ」

応じた小太郎が、虎丸に言う。

「大丈夫。朝までには戻れますから」

虎丸はうなずき、小太郎の舟に移った。

小太郎が信に命じる。

「川賊の舟をこっちに繫げろ」

「へい」

応じた信が、仲間と共に作業をはじめた。

小太郎が虎丸のそばに戻って来た。

「それにしても、ご無事でようございました」

「川で出会えたのは助かった。ずっと、捜してくれとったんか」

「もちろんですよ。清兵衛たちは、深川あたりを今も捜しているでしょう」

「ここは、どのあたりなん？　江戸から遠いと思うんじゃが」

「ええ。町からはずいぶん離れています。このあたりは、たんぼと畑しかありやせんや。川もいくつにも分かれていますのに、よく迷わず大川へ出ましたね」

「大きな流れに沿っただけよ。攫われて来る時、海に出た様子がなかったけえ、川をくだれば永代橋まで戻れるかもしれんと思い、一か八かで舟を漕ぎょった」

「そうですかい。ところで、お若いのにずいぶん舟に慣れておられるようですが、何をなさっておいでなので」

「今は別に何もしとらん。幼い時から、育ての親に鍛えられたけぇできたんよ」

「いやあ、それにしても、一人で川賊を捕まえるとは、凄いお人だ」

「それより、酒はどうなったん」

「ええ。おかげさまで、無事届けられました。富士屋には、虎丸様のことは言っていませんぜ。おいやだと思いましたんで」

「ほうよ。攫われたことは恥ずかしいけえ、言わんでくれてよかった」

「大手柄のことは、言わせてもらいますぜ」

「いや、それも言わんでくれ。わしは、目立つことが苦手じゃけ」

なるべく人に知られないほうが身のためだ。虎丸はそう思って、口止めをした。

半刻（約一時間）が過ぎても下垣たちが出てこないので、虎丸は焦った。

「頭、役人は何をしょうるんかの」

小太郎は首をかしげ、川賊を見張っている小者に訊いた。

「下垣様は、何をされているんです？」

「この者らが隠している、盗みの証をお探しだ」

「それは承知していますが、長過ぎやしませんか」

「今に終わる。しばし待て」

すると、舟に座らされている川賊たちの中で嘲る笑い声がした。

「金を探しているのさ」

「奴ら、自分の懐に入れる気だぜ」

川賊の誰かが言ったので、小者が、黙れ！　と怒鳴り、しゃべった二人を寄り棒で打ち据えた。

「痛えな！」

「黙れと言うておる！」

ふたたび打たれ、川賊たちは口を閉ざした。

小太郎が怒気を浮かせた顔を川賊に向ける。

「おいお前ら、呑華をどうした。どこへ売った」

川賊たちは薄笑いを浮かべるだけで答えない。

小者が小太郎に言う。

「あとのことは、下垣様にお任せしろ。ちゃんと調べてくださるから」

小太郎は、引き下がるしかなかった。

それからさらに半刻も待たされた。

役人たちは、麻袋を肩に下げて出てきたのだが、虎丸たちには中身を教えず舟に乗った。

下垣が、待たせた、すぐ出してくれ、と言うので、小太郎が訊く。

「旦那、手前が盗られた酒はありませんでしたか」

「酒？　ああ、呑華なら、空の樽が一つあったぞ」

「やっぱり、売りやがったのか」

「どこに売ったかは、厳しく調べて白状させる。売った儲けは、ほれ、この中にある」

下垣は、小者が持っている麻袋をたたいた。

「調べがついたら、盗られた者に分けて返す。損した満額とはいかんかもしれんが、そこはあきらめるしかないぞ」

「悔しいですが、仕方ございやせん」

「では、戻ろう」

「へい」

小太郎は、漕ぎ手に出すよう命じた。

支流から出て、大川をくだりはじめた頃には、東の空が明るくなり、永代橋の袂の御船手方番所に着いた時には、すっかり日が昇っていた。

急がなければ。

虎丸は気が急くばかりだ。役人が詳しい話を聞きたいと言えば面倒なことになる。

「頭、わしは役人に素性を知られとうないんじゃが」

「それならご安心を。捜すのを手伝ってもらう時に、手前の用心棒と言ってありますんで」

「ほんまか。そりゃ助かる」

「今日は忙しそうなので、詳しい話は後日訊くと言われると思いやす。その時はどうしますかい」

「関わりとうない」

「そうおっしゃるだろうと思っていましたよ。用心棒をお辞めになったことにしておきますんで、ご安心を」

「恩に着る」

「何をおっしゃいます。助けられたのはこっちですぜ」

「これで、おあいこだな」

虎丸と小太郎は、共にうなずいた。

川賊を乗せた舟が小者に切り離され、船手方の船着き場に入った。

下垣の舟が小太郎の舟に近づいて来る。

「武蔵屋の用心棒殿、お疲れのところすまぬが、番所で話を聞かせてもらえぬかの」

「頭、話が違う」

虎丸の小声に、小太郎が応じる。

「下垣様、虎丸様はお疲れですので、明日じゃいけませんかね」

「いや、手間は取らせぬ。茶を一杯飲むあいだだけだ」

断れば厄介なことになりそうだと小太郎が言うので、虎丸は仕方なく、申し出に従った。

小太郎を待たせて船着き場から上がり、番所に入ると、川賊たちが手鎖をかけられていた。

一旦牢屋に入れられ、厳しい詮議にかけられるのだろう。

虎丸は、川賊たちから見えない部屋に案内され、熱い茶が出された。

下垣が訊く。

「まずは、攫われたところから聞かせていただきたいのだが、その前に、顔を見せてくれぬか」

頭巾を被っていることをすっかり忘れていた。役人に顔を見られるのはまずい。

「見せられるほどの顔ではないけえ、ご勘弁を」

「どうしても、いやだと言うか」

「川賊に殴られて腫れとりますから」

「それはいかん。手当てをしてやるから取りなさい」

「帰って、医者に診てもらいますけえ、もうええですか」

立とうとする虎丸を、下垣が止めた。

「その御国言葉は、どこのものかな」

「芸州です」

「芸州。なるほど。川賊の者どもと舟でやりあったと言うていたが、揺れる舟で戦うのは、慣れた我らでも難しい。芸州のどこで、舟で戦う技を磨かれた」

やんわりとした口調だが、深いところまで探ろうとしている。

広島の殿様の御落胤と言うのは、まずい気がした。

「荷船の用心棒をしよった育ての親から、仕込まれました」

「顔を隠されているが、小太郎から聞いている芸州虎丸という名は、本名か」

「芸州は、育ての親が名乗っとりました」

下垣はまだ訊きたそうだったが、他の役人が来て、耳打ちをした。

応じた下垣が、虎丸に言う。

「急ぎの用ができたので、続きはまた後日。武蔵屋に遣いを行かせるので、その時はよしなに頼む。今日はまことに、ご苦労であった」

頭を下げたので、虎丸も頭を下げて立ち上がり、番所から出た。

舟に戻ると、迎えた小太郎が訊く。

「どうでした」

「急用とかで、詳しい話は後日になった。小太郎殿のところに遣いをよこすゆうたけ、よろしく頼む」

「お任せを。国へ帰られたということにしておきます」

「すまんけど頼む。日差しが厳しゅうなったけ、急いでくれ」

「承知」

小太郎は舟を出し、神田橋御門近くの鎌倉河岸まで送ってくれた。

虎丸は礼を言い、駆け上がると、急いで葉月家に戻った。

筑波山護持院まで戻った時、念のため、船手方の尾行がないのを確かめた。

町の者が行き交う中に怪しい影がないので、歩みを進める。空地の近くにある辻番の前を通ると、見知った顔の番人が中から見てきた。頭巾を着け、汚れた着流し姿なので、眉間にしわをよせている。

　虎丸は斬り割られた胸元を隠して、軽く頭を下げた。すると番人も頭を下げ、眼差しを番屋の中に向けた。出てくる気配はない。

　虎丸は辻を右に曲がらず、横手の木戸へ向かうのだが、辻にさしかかった時に、何げなく通りに目を向け、驚いて立ち止まった。

　葉月家の表門の前に、二十数名の供揃えが腰を下ろし、あるじを待つ姿勢でいたからだ。誰も乗っていない馬が一頭いたので、虎丸は確信した。

「筑前守様が、もう来とる」

　背筋に冷たい汗が流れた。

　もうだめだと思い、どっと疲れが出た。よろよろとした足取りで横手の路地に入ると、木戸の前で待っていた者が駆け寄った。

「若殿、お急ぎください」

　焦りの声を発した六左が、虎丸の背中を押す。

「まだ、ばれとらんのか」

「今は御家老がお相手をされていますが、長くはもちませぬ。さ、早く」

虎丸は押されるままに、木戸を潜った。

# 五

六左のおかげで、虎丸は誰にも見られることなく寝所に戻った。

内廊下を行ったり来たりしていた五郎兵衛が、角を曲がって来た虎丸に目を見張った。

「その身なりはいかがしたことか」

「まあ、いろいろあった」

五郎兵衛が安堵して、両膝と両手をつく。

「若殿、ようお戻りくださいました。これで、家臣とその家族の首がつながりましたぞ」

「まだ安心せんでくれ」

「大丈夫。黙って横になっていてくだされればよいのです」

顔を見られるのが恐ろしかった虎丸は、頭巾を着けたまま、先に着物を脱いだ。

着物を手繰り寄せようと手を伸ばした納戸役の恩田伝八が、眉間にしわを寄せた。

った。

「濡れている」

見上げる伝八を一瞥した虎丸は、着替えを頼むと言ったが、頭巾はまだ取れなかった。

心情を悟った五郎兵衛が、片膝をついて見上げる。

「川賊が、現れたのですか」

「ほうよ」

「して、首尾は」

「小物一人を逃がしたが、頭や主だった者は捕まえた」

「おお、では、腹と胸のあざは武勇の証。さすがは安芸守……、いや、村上一族の若殿」

父を知らず、母の生まれも知らない虎丸が村上の血を引いているかどうかは分からないが、一族の者と言われて嬉しかった。

「生きて戻れたのは、おやじ殿のおかげよ」

うなずいた五郎兵衛が、頼もしそうな顔で訊く。

「頭巾から髪が出ておりますが、髷まで乱れるような、激しい戦いだったのですか」

隠してもばれると思い、虎丸は告げた。

「川賊に捕まって、拷問された」

「拷問ですと！」

驚く五郎兵衛にうなずいた虎丸の背後に、六左が歩み寄る。

「ごめん」

言うのと同時に、頭巾を取られた。

顔を見た五郎兵衛は膝立ちになり、あんぐりと開けた口を手で塞ぐ。目が飛び出るというのはこういうことかと思うほど、五郎兵衛の瞼は見開かれていた。

「こ、こ、ここ……」

言葉にならぬ五郎兵衛の横に片膝をついた伝八が、虎丸の顔を見上げ、すぐに眼差しを下げた。

「これはなんとしたことか、と、御用人はおっしゃりたいのです」

伝八は冷静に言うが、目は動揺を隠せない。

六左が前に回り、虎丸の顔を見た。自分が殴られたように顔をゆがめるので、どうなっているのか心配になった。

「そがあに、ひどいんか」

ひどい！　と、三人が口をそろえ、伝八が手鏡を持って来た。

鏡に映る自分の顔に、虎丸は絶句した。

両目の周りが赤紫に腫れ上がり、二重瞼も押しつぶされ、目が糸のように細くなっている。唇は切れて血が滲(にじ)み、上唇が鼻に届きそうなほど腫れている。

五郎兵衛が膝を進めた。

「おなごが振り向くほどの美顔が、このようなことに……。おいたわしや」

そう言って、両手で頬に触れようとしたので、虎丸は顔をそむけた。

「これくらいの傷、日が経ちゃ治る。それより見舞いのことよ。どがにい(どのように)してごまかす」

「どがにいと言われましても……」

ついつられて芸州弁が出たことに、五郎兵衛は気付いていない。顎をつまんで思案をめぐらせている。

そんな五郎兵衛を横目に、伝八が虎丸に言う。

「とにかく、身なりを整えましょう。額の可笑しな日焼けは、化粧でごまかそうということになっておりました。傷の腫れは、妙案がございます。さ、お着替えをされませ」

「分かった」

虎丸は、殺されかけたことは言わなかった。

伝八が出してくれた下帯を替え、寝間着を着た。伝八が示す敷物に正座すると、髪を櫛でとかれ、一つに束ねられた。

続いて、日焼けをごまかす化粧にかかったのだが、傷の痛みに耐えるのが苦しかった。

「少しの辛抱です」

伝八は、離れたり近づいたりして見栄えを確かめ、なんとか日焼けはぼかしたと言うが、難しい顔をする。

「顔の腫れとあざは、どうにもなりませぬ。このまま、横におなりください」

虎丸は、応じて布団に入った。

五郎兵衛が、不安そうな顔で訊く。

「伝八、この顔ではまずいのではないか」

「策がございます」

伝八から聞かされた五郎兵衛は、それしかあるまい、と言い、虎丸に顔を向けた。

「奥方様が見舞いをされた時のように、下手な芝居はしませせぬように」

「分かった。黙って目をつむっとくよ」

「ではお呼びしますので、頼みましたぞ」

五郎兵衛が立ち上がった時、中庭の先の廊下が騒がしくなった。そこをどけ、という声に、五郎兵衛が慌てる。

「筑前守様です」

「危なかったのう」

間に合ってよかったと思った虎丸は、そう小声で言い、上を向いて目をつむった。


「そこをどかぬか竹内」

筑前守は険しい顔で言い、廊下を押し通ろうとしている。

「ご案内を」

「よい。寝所がこの先であることは知っておるわ」

手をひらひらとやり、どけと言うので、虎丸がいないと思っている竹内は、観念した。

頭を下げ、先に立って案内をした竹内は、中庭の廊下に出た。向かいの寝所の障子は閉められている。まだ帰っていないのだと思った竹内は、目をつむり、立ち止まって振り向き、筑前守の前で両手をついた。

「筑前守様に、切腹を覚悟でお伝えします」

「なんじゃ、改まって」

険しい顔で見おろす筑前守に、竹内がすべてを明かそうとした時、背後で声がした。

「申し上げます」

竹内が振り向くと、伝八が片膝をついて、頭を下げていた。

「いかがした」

「若殿は今朝から病が悪化され、お顔が腫れておられます。筑前守様にお見せできるものではないとお嘆きになり、できますれば、離れたところからお目にかかることをお許し願いたいとのことです」

「ここからか」

言って中庭に顔を向ける筑前守。

それを見た伝八が、驚いている竹内に顎を引いた。

筑前守が伝八に眼差しを向ける。

「よかろう」

「はは」

伝八が手を打ち鳴らすと、寝所の障子が開けられた。

布団にいる虎丸の顔を見て、竹内は目を見張り、立ち上がった。離れていても、顔が別人のように腫れているのが分かったからだ。

筑前守が竹内に顔を向けた。

「わしは目が悪いので、ここからではよう見えぬ。そこをどけ」

言うなり、竹内を避けて歩んだので、伝八が行く手を阻んで片膝をつき、頭を下げる。

「お許しを」

「ならぬ」

筑前守は中庭に下り、苔(こけ)を踏みつぶして寝所の濡れ縁に上がった。そして、虎丸の痛々しい顔を見て驚き、逃げるように中庭に下りて離れた。

「な、なんとしたことじゃ。定光殿とは思えぬほど腫れておる。これも、病のせいだと申すか」

虎丸の足下に座っていた五郎兵衛が、廊下に膝を進めた。

「病の毒が顔にうつり、このように腫れておられます。唇は切れて膿(うみ)が出、両目は人に殴られたかのごとく、おいたわしいお姿に」

「うつるのか」

「医者は、気を付けよと」

筑前守は、自分の顔を片手で隠しながら下がった。

「治るのか」

「前にも一度、このようになられましたが、半月、いや、一月ほどで元に戻られましょう」

「……そうか」

落ち着きを取り戻した筑前守は、虎丸をまじまじと見た。

「眠っているのか」

「はい。薬が効いたのでございましょう」

五郎兵衛に顎を引いた筑前守は、しっかり養生されよ、と声をかけ、竹内がいる廊下に戻った。持っていた包みを置いて足袋の裏を手で払い、そばに来た竹内に顔を向けた。

「これは、薬代じゃ」包みを差し出す。「婿殿に渡そうと思うたが、そなたに託す」

「はは」

引き取った竹内が、重さに驚き、顔を上げた。

筑前守が顎を引く。

「百両ある。薬代の足しにいたせ」

「おそれいりまする」

「薬代に困れば、遠慮のう月に申すがよい」

「お心遣い、若殿に代わって、お礼申し上げまする」

「月の顔を見て帰る。客間に呼んでくれ」

「かしこまりました」

先に立った筑前守が、寝所を一瞥し、客間に向けて歩んだ。

あとに続く竹内が、立ち止まり、寝所に顔を向けた。

五郎兵衛が頭を下げる奥で、布団から身を起こした虎丸が、やった、とばかりに、拳を突き上げた。

「ひどい顔だ」

竹内は、伝八にそう言うと、客間に向かった。

# 六

表御殿の客間に戻った竹内は、上座に正座した筑前守の手前に座った。

小姓が出した茶を一口飲んだ筑前守が、竹内に冷静な眼差しを向ける。

「まことに、ひどい有様だ。下手に焦り、定光殿を登城させぬことだ。たとえ、病気が平癒してもな」

「平癒されても、ですか」

「さよう」

「何ゆえでございます」

筑前守は、湯飲み茶わんを茶托(ちゃたく)に置き、厳しい眼差しを向ける。

「柳沢(やなぎさわ)様を、甘く見ぬほうがよい」

筑前守が出した名は、将軍綱吉の寵愛(ちょうあい)を一身に受け、幕政の一切を取り仕切っている大老格・柳沢美濃守吉保(みののかみよしやす)のことだ。

意味深な言葉に、身代わりを見抜かれたと思い、竹内は緊張した。

「若殿では、務まらぬと」

かまをかけてみた。

　すると筑前守は、何か言おうとしたが、廊下に気配がしたので口を閉ざして顔を向けた。現れた月姫に、筑前守はうって変わった優しい表情を浮かべる。

「おお、月、久しぶりじゃ。息災か」

「はい」

「相変わらず美しいのう」

　月姫は笑みを浮かべて座り、頭を下げた。

「もっと近う寄れ。大事な話がある」

　応じた月姫は、付き添う高島を下座に残し、筑前守のそばに座り直した。

「父上も、ご息災のご様子で何よりでございます」

「わしのことよりな、婿殿のことじゃ。先ほど見舞いをしたが、思うていたより重い病ゆえ、この葉月家は、ここにおる竹内と共に、そなたが支えるように」

「わたくしが」

「そうだ。父は皆は申さぬ。よいか、竹内と、この家を支えるのじゃ」

　月姫は意味が分からないのだろう。返事をしない。

「はいと言うてくれ、月」

筑前守に言われて、月姫は三つ指をついた。

「かしこまりました」

「うむ。竹内」

「はは」

「月を支えてくれ」

「家老として、お支えいたしまする」

家来を強調する竹内の言葉は、筑前守の意に反していたらしく、不服そうだ。

「まあよい。今日は帰る」

立ち上がる筑前守に、竹内は続いて立ち上がり、先に廊下に出ると、表玄関に向かった。

あとから歩んだ筑前守が、竹内が廊下の角を曲がったのを見て立ち止まり、高島を呼び寄せた。

応じてそばに来た高島が、訝く顔を向けた。

「月と婿殿を近づけるな」

高島が驚いた。

「何ゆえでございます」

「決まっておろう、重い病ゆえじゃ。顔が赤黒く腫れておる。月にうつりでもしたら大ごとゆえ、登城して、旗本としてお役目を賜るまで、指一本触れさせるな。もし、この先も病が重くなるようであれば、わしが手紙に記していたとおりにいたせ」

「承知しました」

「頼むぞ」

歩みを進める気配を悟り、盗み聞いていた竹内は歩を速め、離れたところで何食わぬ顔をして待った。

一人で角を曲がって来た筑前守が、待たせた、と言うので、竹内は頭を下げて玄関に向かう。

外で待っていた筑前守の家来たちが、立ち上がって頭を下げる。

表門から出て馬に乗った筑前守が、月を頼む、と念を押し、帰って行った。

竹内は頭を下げて見送りをすませると、虎丸がいる寝所へ急いだ。

寝所に近づくと五郎兵衛の笑い声が聞こえたので、竹内は舌打ちをして、障子を開けた。

「声が中庭の先まで届いておるぞ」

言うや、腫れ上がった顔の虎丸が振り向いた。

竹内は入って障子を閉め、虎丸の前に立つ。顔は怒りに満ち、にぎり固めた拳が震えている。

神妙な虎丸は、正座して居住まいを正した。

「あなたはどうして、そのようにひどい顔なのです」

「こがなことになったんは、川——」

「ようご無事で戻られた」竹内は言葉を被せ、虎丸の前に正座した。「六左から、武蔵屋が若殿を捜していると聞き、案じておりました」

「そうだったんか」

「御家老、若殿はやりましたぞ」

五郎兵衛が、虎丸は見事に川賊一味を捕らえたと教えると、竹内は僅かに口元を緩めたが、すぐに引き締めた。

「筑前守様が、顔を見て驚いておられた。お帰りになったが、おそらく、疑いを解かれておりませぬ」

「病ではなく、怪我を負われたとお思いですか」

五郎兵衛の言葉に、虎丸は焦った。

「竹内殿、ばれたかのう」

「分かりませぬ。ですが、幕政を取り仕切っておられる柳沢様を甘く見てはならぬと、釘を刺されました」

「そりゃあ、ばれとるゆうことじゃないんか」

「身代わりを見抜かれたなら、今頃、それがしの首はございませぬ。おそらく、さらに探りを入れられましょう」

「月姫様を使うてか」

「いえ、探るとすれば、お付きの高島殿でしょう。奥御殿の者には、お会いにならぬほうがよろしゅうございます。また奥御殿の者も、若殿が登城され、旗本としてのお役目を賜るまで、月姫様には指一本触れさせるなと、筑前守様から言われております」

　虎丸は安堵の息を吐いた。

「そのほうが助かる。わしは身代わりじゃけ、月姫様とは会えん」

「奥方様とのことは、まだ先のこと。まずは、その顔を治さねば。六左、良い塗り薬を求めてまいれ」

「承知しました」

　六左は立ち去った。

竹内が虎丸に顔を向ける。

「川賊のことは、後でゆっくり聞かせていただきます。お疲れでしょうから、まずはお休みください。それから、顔が治るまで、部屋から出てはなりませぬぞ」

厳しく言われて、虎丸は頭を下げた。

「分かりました」

顔を上げると、竹内は立ち上がってきびすを返した。

見送った虎丸は、五郎兵衛に言う。

「今、竹内殿は笑うとったの」

「お戻りになられて、安心されたのですよ。昨夜は一晩中、御家老の部屋に明かりがついておりましたから」

「ほうか。でもまた、部屋から出られんようになった。早う治らんかの、この顔。でもあれか、顔が治らにゃ城へ行かんでええんじゃけ、そのほうがええか」

「で、ございますな。御家老がおっしゃっていたでしょう、柳沢様を甘く見るなと。今のお言葉づかいでは、即座に見破られます」

五郎兵衛が、懐から出した紙を広げた。

見舞いに備えて外されていた、芸州弁をしゃべらない！　と記された紙を、五郎兵衛が柱に貼り、振り向く。

布団を被っている虎丸に呆(あき)れたが、しょうがない、という顔をして、伝八と笑みを交わした。


その頃、江戸城では、手を焼いていた川賊の頭目、すっぽんの寅蔵(とらぞう)が捕らえられたとの報せを受けた柳沢吉保が、月番の北町奉行と目付役を呼びつけていた。

顔をそろえた者たちを前に、切れ者、と、一目で分かる表情で言う。

「すっぽんの寅蔵の正体は、船手方の元与力、藤沢権六(ふじさわごんろく)と判明した」

これには一同驚きを隠せなかったようだが、柳沢は、こ奴のことなどどうでもよい、と言い、続ける。

「凶悪なすっぽん一味を捕らえたのは、芸州虎丸と名乗る、おそろしく腕の立つ一人の侍じゃ。この者は頭巾で顔を隠し、身元を隠しておる。わしは、この者はみだりに市中を出歩いておった旗本か、大名家に関わりがある者と睨んでいる」

目付役が口を開いた。

「おそれながら、芸州を名乗っておりますので、広島藩に関わるものではないかと」

「わしもそう思うたが、それではすぐに身元が割れる。ゆえに嘘かもしれぬ。そこで、そなたらを呼んだ。芸州虎丸が何者か、ただちに調べてくれ」

町奉行が訊く。

「見つけて、褒美を遣わしますのか」

「それもあるが、その者が旗本か御家人であれば、新たに設けようとしている川賊改役（あらためやく）を任せたい」

それは妙案。と、皆が賛同した。

町方に先んじるため直ちに動いた目付役は、船手方の下垣を伴い、その日のうちに武蔵屋を訪ね、小太郎に詳細を尋ねた。

小太郎は虎丸との約束を守り、あれからすぐにいなくなった、素性は何もしらないと言い、下垣を落胆させた。

隠している、と睨んだ目付役であるが、そこは迂闊（うかつ）には動かない。小太郎のことは改めて調べることにして、外堀を埋めるべく、翌日には広島藩邸を訪れ、留守居役に川賊のことを教え、芸州虎丸という名に覚えはないかと問うた。

冷や汗をかいたのは留守居役だ。なぜなら、芸州虎丸は芸州弁をしゃべり、小太刀の二刀流を遣うと教えられ、村上虎丸だと気付いたからだ。

虎丸が葉月家に行ったことを知らぬ留守居役は、当藩の者かもしれぬので直ちに調べると言い、急ぎ広島に報せた。

広島城の本丸御殿に届いたのは、虎丸が川賊を捕らえて、わずか十五日後のことだ。

藩主綱長は信虎を呼び、文を見せた。

「どう思う」

綱長から問われ、信虎は青ざめた顔を向ける。

「まさに、虎丸君かと」

綱長が、閉じた扇で膝を打つ。

「あの馬鹿たれが！」


寝所で読み物をしていた虎丸が、くしゃみをした。

即座に五郎兵衛が気づかう。

「若殿、長雨で冷えましたか」

「いいや。鼻がむずむずしただけだ」

儒学の書物に眼差しを戻していると、竹内が声もかけずに入ってきた。

慌てた様子の竹内が虎丸のそばに座り、懐から紙を出した。

「これは、若殿のことでございましょう」

見せられた紙は、芸州虎丸を捜す公儀の御触れだった。六左が町で手に入れて来たという。

絶句する虎丸に、竹内が言う。

「これがあなた様だと公儀にばれれば、重い病の時に川で大暴れしたことになります。やはり、行かせるべきではございませなんだ」

「公儀は、正体を突き止めるだろうか」

「目付役が町を捜し歩いています。ほとぼりが冷めるまで、いや、登城を果たすまで一歩も屋敷から出てはなりませぬ。よろしいですな」

厳しく言われ、虎丸は大の字になった。

五郎兵衛と伝八が、不安と憐(あわれ)みが交じった、なんとも言えぬ表情で見ている。

また長い寝所暮らしがはじまると思うと、つい、ため息が出る。

「わしはこの先、どうなるんじゃろか」

本書は書き下ろしです。

# 身代わり若殿 葉月定光

佐々木裕一

平成30年 7月25日 初版発行
令和6年 11月5日 4版発行

発行者●山下直久

発行●株式会社KADOKAWA
〒102-8177 東京都千代田区富士見2-13-3
電話 0570-002-301(ナビダイヤル)

角川文庫 21053

印刷所●株式会社KADOKAWA
製本所●株式会社KADOKAWA

表紙画●和田三造


ISBN978-4-04-106994-3 C0193

◆◇◇

# 角川文庫発刊に際して

角川源義

第二次世界大戦の敗北は、軍事力の敗北であった以上に、私たちの若い文化力の敗退であった。私たちの文化が戦争に対して如何に無力であり、単なるあだ花に過ぎなかったかを、私たちは身を以て体験し痛感した。西洋近代文化の摂取にとって、明治以後八十年の歳月は決して短かすぎたとは言えない。にもかかわらず、近代文化の伝統を確立し、自由な批判と柔軟な良識に富む文化層として自らを形成することに私たちは失敗して来た。そしてこれは、各層への文化の普及滲透を任務とする出版人の責任でもあった。

一九四五年以来、私たちは再び振出しに戻り、第一歩から踏み出すことを余儀なくされた。これは大きな不幸ではあるが、反面、これまでの混沌・未熟・歪曲の中にあった我が国の文化に秩序と確たる基礎を齎らすためには絶好の機会でもある。角川書店は、このような祖国の文化的危機にあたり、微力をも顧みず再建の礎石たるべき抱負と決意とをもって出発したが、ここに創立以来の念願を果すべく角川文庫を発刊する。これまで刊行されたあらゆる全集叢書文庫類の長所と短所とを検討し、古今東西の不朽の典籍を、良心的編集のもとに、廉価に、そして書架にふさわしい美本として、多くのひとびとに提供しようとする。しかし私たちは徒らに百科全書的な知識のジレッタントを作ることを目的とせず、あくまで祖国の文化に秩序と再建への道を示し、この文庫を角川書店の栄ある事業として、今後永久に継続発展せしめ、学芸と教養との殿堂として大成せんことを期したい。多くの読書子の愛情ある忠言と支持とによって、この希望と抱負とを完遂せしめられんことを願う。

一九四九年五月三日

# 角川文庫ベストセラー

# 角川文庫ベストセラー

# 角川文庫ベストセラー

## 刃鉄（はがね）の人
辻堂　魁

刀鍛冶の国包は、家宝の刀・来国頼に見惚れ、天稟の素質と言われた武芸の道をも捨てて刀鍛冶の修業にのめり込んだ。ある日、本家・友成家のご隠居に呼ばれ、ある父子の成敗を依頼され……書き下ろし時代長編。

## 不義
刃鉄（はがね）の人
辻堂　魁

刀鍛冶・国包に打刀を依頼した赤穂浪士。だが男は受け取りに現れることなく、討ち入りした四十七士の中に、その名は無かった。刀に秘された悲劇、そして国包が見た〝武士の不義〟の真実とは。シリーズ第2弾。

## 入り婿侍商い帖
大目付御用（一）
千野隆司

仇討を果たし、米問屋大黒屋へ戻った角次郎は、大目付・中川より、古河藩重臣の知行地・上井岡村の重税を告発する訴状について、商人として村に潜入し、探るよう命じられる。息子とともに江戸を発つが……。

## 入り婿侍商い帖
大目付御用（二）
千野隆司

米問屋・和泉屋の主と、勘当された息子が殺し合う事件が起きた。裏に岡部藩の年貢米を狙う政商・千種屋の意図を感じた大目付・中川に、吟味を命じられた角次郎だが、妻のお万季が何者かの襲撃を受け……!?

## 生きがい
戯作者南風　余命つづり
沖田正午

人気が下り坂の戯作者・浮世月南風は、名医・杉田玄白に「あと一年の命」と宣告される。だが版元の励ましにより奮い立ち、一世一代の傑作執筆を決意。執筆のため、そして愛する人に再会するため旅に出る！

# 角川文庫ベストセラー